AF197941

Ärna ist eine ausgedachte Person, die gerne auf Geburtstage geht und dort den Gästen in heiteren Worten und reimend über die Geburtstags"kinder" berichtet. Dieses Buch widme ich allen Geburtstags"kindern", bei denen Ärna auftreten durfte, und allen, bei denen sie gerne aufgetreten wäre.

Immer wieder wurde Ärna gefragt, wo denn ihr Name herkommt. Und immer wieder wurde sie als „Erna" vorgestellt. Das wollte ich mit diesem Buch mal richtig stellen ...

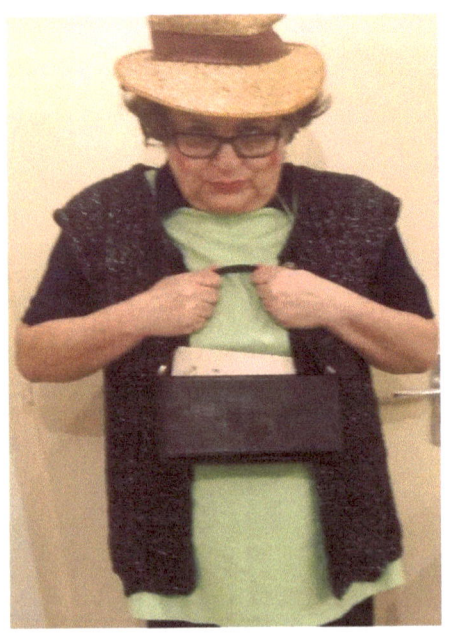

Natürlich hat Ärna nichts mit lebenden oder verstorbenen Personen zu tun. Jede Ähnlichkeit wäre rein zufällig.

Die Anekdoten, Witze und Kalauer entspringen zum Teil meiner Fantasie, meinen Erlebnissen und zu einem kleinen Teil aus gehörten oder gelesenen Berichten.

Ich möchte mich für die Darstellung der schwäbischen Sprache schon mal im Voraus entschuldigen. Das kommt davon, weil ich seit vielen Jahren mit einem Schwaben verheiratet bin und auch seit über 30 Jahren in dieser wunderschönen Gegend lebe.

Inge Diesel-Voß

Ich heiße Ärna!

Eine etwas andere Biografie

Eine Frau geht ihren Weg

© 2021 Inge Diesel-Voß
www.fantasieninworte.de

Lektorat und Layout: Susanne S. Junge

Verlag & Druck:
tredition GmbH, Halenreie 40-44, 22359 Hamburg

ISBN
Paperback   978-3-347-39935-8
Hardcover   978-3-347-39936-5
e-Book   978-3-347-39937-2

Ich heiße Ärna!!!

Schon ein seltsamer Name, nicht wahr?

I

Mein Vater war ein sehr lieber und rechtschaffener Mann. Meine Mama war zwar nicht die Schönste, meinte mein Vater immer, aber sie brachte eine gute Mitgift mit in die Ehe.

Wir hatten einen großen Bauernhof mit Kühen, Schweinen, Gänsen, Hühnern und jeder Menge Hunde und Katzen. Dieser Hof lag ganz im Norden Deutschlands.

Hier war es einfach wunderschön, wir haben uns alle sehr wohl gefühlt und ich hatte eine tolle Kindheit, auch wenn ich schon in jungen Jahren einen herben Verlust erlitten habe.

In der Nacht, als ich geboren wurde, war nur die eingereiste schwäbische Hebamme vor Ort.

Wir haben ja ziemlich weit außerhalb gewohnt, und der Doktor war gerade anderweitig beschäftigt. Ich glaube, unser Nachbar hatte einen eingewachsenen Zehnnagel, das hat mir mal meine Mama erzählt. Der arme Mann, das musste ja wohl sehr schmerzhaft gewesen sein.

Als es dann so weit war und ich aus meiner Mama herausgeflutscht bin, hat mein Papa die Hände über dem Kopf zusammengeschlagen und ausgerufen: „Meine Güte, die sieht ja aus wie Erna!"

Dazu muss man sagen, dass Erna die schönste Kuh in unserem Stall war. Daran sieht man doch, dass mein Papa ein ganz lieber Mensch war.

Die eingereiste schwäbische Hebamme hat es sich gleich notiert und meinem Vater erklärt, dass sie den Eintrag beim Standesamt machen lassen würde.

Der war ganz froh darüber, da die Arbeit auf unserem Hof ja auch getan werden musste und Mama ja noch nicht wieder fit war.

Es ist aber nun mal so, dass die Schwaben es mit dem „*E*" nicht so haben. Zum Beispiel *schweben* sie nicht, sondern *schwäben*. Sie *lesen* nicht, sondern *läsen*. Das könnte man jetzt so weitertreiben, wäre aber langweilig.

Am nächsten Morgen fuhr also diese eingereiste schwäbische Hebamme zu unserem Rathaus und hat dann im breitesten schwäbisch gemeint: „Das Mädle soll Ärna heiße."

Der rechtschaffene, norddeutsche Beamte hat natürlich auch genau das eingetragen.

Seitdem heiße ich nun Ärna.

II

An meine frühe Kindheit erinnere ich mich nicht mehr so sehr. Ich weiß aber noch, wenn Besuch kam, wurde ich immer in den Stall zu den Kälbchen gesteckt. Das waren dann meine Babysitterinnen. Ich habe mich da aber auch immer sehr wohl gefühlt.

Die Kühe haben mich immer am Euter trinken lassen, das hat sehr gut geschmeckt. Ich habe dann manchmal auch das Heu gegessen, aber das war immer so trocken.

Wenn ich Glück hatte, hat mich Mama im Stall vergessen und ich durfte dann bei den Kälbchen schlafen. Am anderen Morgen hat mich Mama dann meistens reingeholt und erst mal gewaschen, dabei habe ich so gut nach Kuhstall gerochen.

Meine Mama ist leider schon früh verstorben, das war ein großer Verlust und wir waren alle ganz traurig.

Mein Papa hat sie mal morgens im Bett nicht wach bekommen. Zuerst hat er gedacht, sie schläft so tief. Dann aber, als sie nach zwei Tagen noch immer nicht wach wurde und das Essen alle war, hat er gemeint, dass da was nicht stimmen könnte, und hat den Arzt geholt.

Ich habe die ganze Zeit bei den Kälbchen bleiben dürfen.

Nachdem Mama dann tot war, sollte ich so viel wie möglich vom Haushalt übernehmen. Leider kam ich meistens noch nicht überall dran, ich war ja erst sechs Jahre alt. Kochen konnte ich auch noch nicht so richtig, also war ich dann für den Stall zuständig. Das hat Spaß gemacht.

Wir hatten zu diesem Zeitpunkt noch zwei Knechte. Der eine hieß Isidor und war schon ganz alt, schon fast 50 Jahre. Der andere war jung und stumm, wie der hieß, hat wohl keiner von uns gewusst, er wurde immer nur ‚Knecht' gerufen. Die beiden waren meistens auf dem Feld und kamen nur abends ins Haus.

Isidor hat dann gekocht, das hat mal mehr, mal weniger gut geschmeckt. Dafür war Isidor aber immer lustig und hat Geschichten erzählt. Zum Beispiel die Geschichte vom Fahrrad und dem Schnaps. Er ist mal mit dem Fahrrad zum Schnapskaufen gefahren. Als er dann die Flasche hatte, hat er sich überlegt, dass es doch schade wäre, wenn er stürzen würde und die Flasche kaputt ginge. Der schöne Schnaps ... Also hat er sie ganz ausgetrunken. Das ist auch gut gewesen, denn auf dem Heimweg ist er tatsächlich einige Male gestürzt!!!

Was haben wir gelacht, er kann bestimmt nicht gut Fahrrad fahren.

Mein Papa hat dann irgendwann mal Haushälterinnen geholt, die waren immer so schön angezogen und ganz bunt im Gesicht. Die sollten dann putzen und kochen, aber leider war deren Ausbildung wohl nicht so dolle, denn geputzt, gekocht oder gewaschen hat keine von denen.

Die konnten nicht mal ein Bett für sich selber herrichten, deshalb haben sie sich immer in das Bett von Mama gelegt.

Meinem Papa war das ganz egal, er hat dann in diesen Nächten ganz laut gejammert und gestöhnt. Er hat mir dann immer sehr leid getan. Seltsam, dass es diese Haushälterinnen nicht gestört hat. Manchmal haben sie vor lauter Sympathie mitgejammert und gestöhnt.

An den darauffolgenden Morgen war mein Papa meistens gut gelaunt, das hat mich sehr gefreut.

Die Haushälterinnen sind normalerweise nur so ein bis zwei Tage geblieben. Papa hat ihnen dann immer ihren Lohn gezahlt, obwohl sie nichts im Haushalt gemacht haben. Aber so war er, immer lieb zu allen.

III

Irgendwann musste ich dann auch zur Schule gehen. Das hat mir gut gefallen, da ich ganz viele Freunde und Freundinnen hatte.

Der Schulweg war zwar lang, aber das machte mir nichts. Alle sind immer hinter mir hergelaufen und haben mir immer schöne Sachen zugerufen, z.B. „Blöde Kuh" – dabei weiß doch jeder, dass Kühe nicht blöde sind.

Manchmal haben wir auch Schubsen gespielt. Meine Freunde haben mich dann in die Mitte genommen und hin- und hergeschubst. Das hat Spaß gemacht, ich musste nur aufpassen, um nicht hinzufallen.

Nach Schulschluss sind sie auch immer hinter mir hergelaufen, fast bis nach Hause.

Wenn ich nicht schnell genug war, dann haben sie mich mal mit Wasser, oder auch mal mit Dreck übergossen. Manchmal fand ich das doch nicht so lustig, vor allem, wenn mein lieber Papa dann mit mir geschimpft hat.

Meine Freundinnen haben mir auch manchmal Streiche gespielt. In der Regel haben sie mich einmal an jedem Schultag in die Mädchentoilette eingeschlossen, so dass ich zu spät in die Stunde kam. Das war immer eine Gaudi für alle, nur nicht für die Lehrer.

Meine Schulbücher zu verstecken war dann irgendwann langweilig, weil ich ja die meisten Verstecke im Lauf der Zeit schon kannte.

In der Schulkantine haben sie mir öfters mal ein Bein gestellt, das hat zur Erheiterung aller anwesenden Mitschüler beigetragen. Leider bekam ich dann nicht so viel von dem leckeren Essen für mich selbst.

Aber mein Papa hat mir jeden Morgen einen dicken Streifen Speck und einen guten Kanten Brot eingepackt. So brauchte ich nicht zu hungern.

Dadurch bekam ich auch einen Spitznamen, der war sehr lustig. Ich hieß immer die Speckkuh, obwohl der Speck doch von einem Schwein war? Ganz habe ich das nicht verstanden.

Bei den Theateraufführungen durfte ich auch immer mitspielen. Meine Lehrer meinten, eine Kuh kann man überall gebrauchen und bei mir würde man am Kostüm sparen können. Mir hat das auch immer großen Spaß gemacht.

Meine Noten waren ja nicht die Besten, aber ich habe es immer geschafft, eine Klasse weiterzukommen.

Mein Papa ist auch jedes Jahr mit einem riesigen Korb in die Schule gekommen und hat mit meinem Lehrer geredet. Das hat mich sehr gefreut, denn nicht alle Eltern haben so einen guten Draht zu den Lehrern ihrer Kinder gehabt.

IV

Leider hat sich im Laufe der Zeit herausgestellt, dass ich nicht so gut sehen kann. Das hat man aber erst gemerkt, als ich mich über eine Stunde mit einem Mantel unterhalten habe, der auf einem Bügel an der Garderobe hing.

Ein anderes Mal bin ich mit unserem Zeichenlehrer mit den langen Haaren zusammengestoßen. Da wurde deutlich, dass ich wirklich sehr schlecht sehen konnte. Ich habe ihm nämlich empfohlen, sich einen dick gefütterten BH zu kaufen, weil ich dachte, er sei eine Mitschülerin und so flach wie eine Flunder … und ich habe ihm geraten, mal Kreide zu essen wegen der tiefen Stimme. Das kenne ich doch aus „Der Wolf und die sieben Geißlein".

Als ich dann das erste Mal eine Brille aufhatte, bin ich ganz erschrocken, dass nicht alle so hübsch aussahen wie ich.

Mein Leben auf unserem Hof war auch mit viel Arbeit verbunden. Mein Papa war aber immer sehr lieb zu mir. Als ich älter wurde, hat er mir sogar geraten, doch immer ein Kopftuch zu tragen, wenn ich mit dem Knecht zusammen die Kühe in den Stall treiben wollte. Einmal ist es nämlich passiert, dass der Knecht ganz blöde guckte, nachdem eine Kuh zu viel im Stall war. Erst als ich dann lachen musste, ist ihm aufgefallen, dass er mich an eine Melkmaschine ange-schlossen hatte. Aber mit dem Kopftuch passierte das nicht mehr!

Langsam wurde ich älter und mein Papa auch. Ab und zu hörte ich, wenn mein Papa mit anderen darüber geredet hat, dass er nicht mehr die ganze Arbeit schaffen würde, obwohl die beiden Knechte auf dem Hof waren.

Mein Papa hatte Angst, dass sich kein potentieller Schwiegersohn einstellen würde. Ja gut, auf unseren Dorffesten war ich nicht unbedingt die erste Wahl für die Jungs. Das habe ich nicht so richtig verstanden. Aber wenn der Abend dann fortgeschritten und viel Alkohol geflossen war, dann konnte ich auch ab und zu mit einem nach draußen verschwinden und ihn ein bisschen fummeln lassen. Solange es dunkel war, machte es ja auch Spaß, aber sobald einer der Jungs wieder einigermaßen nüchtern wurde, oder zufällig Licht auf uns fiel, sind sie erschrocken und schnell abgehauen. Ich weiß auch nicht, warum.

Ich denke einfach, das lag daran, dass mein Papa immer auf mich aufgepasst und die Jungs dadurch abgeschreckt hat.

V

Im Herbst war in unserer Nachbarstadt – wie in jedem Jahr – der große Tiermarkt. Mein Papa hat mich zu meiner größten Freude aufgefordert, mein schönstes Kopftuch anzuziehen und ist mit mir und unseren Kühen auf den Markt gezogen. Ich musste mich dann in eine Reihe mit unseren Kühen stellen. Mein Papa hat ein Schild vor mich hingestellt, auf dem stand: „Wer mich heiratet, bekommt den halben Hoff."

Das war mir ja ein bisschen peinlich …, wer schreibt denn auch Hof mit zwei „f"?

Nun musste ich stundenlang bei den Kühen bleiben. Irgendwann hatte ich so großen Hunger und habe meinen Papa gebeten, mir was zu essen zu holen. Ich glaube, er ist auch älter geworden, hat er doch glatt ein Bündel Heu vor mir abgelegt. Erst als ich mich beschwert habe, hat er den Kopf geschüttelt und mir eine Wurst geholt. Er war doch einfach ein lieber Mann.

Gegen Nachmittag kamen immer mehr Besucher. Viele blieben bei mir stehen und haben das Schild gelesen. Ich glaube, insgeheim haben sich einige über die zwei „f" in dem Wort „Hof" lustig gemacht. Das war nicht so schön.

Irgendwann stand dann ein fesches Mannsbild vor mir und hat mich genau angesehen. Dann hat er meine Arme befühlt, in den Mund gesehen, dann meinen Busen begrapscht und auf den Hintern geschlagen.

Mein Papa kam dazu und meinte, dass ich gut zur Arbeit und zur Aufzucht von Nachkommen geeignet wäre. Der Fremde schaute mich an und meinte, man könnte ja ein Handtuch über den Kopf legen, der Rest wäre ja wohl wie bei jeder anderen Frau.

Langsam gingen mein Papa und der Mann ein Stück zur Seite. Ich hörte, wie der Fremde den ganzen Hof forderte, nicht nur den halben. Mein Papa ist ja ein ganz Lieber, er wollte wohl meinem Glück nicht im Wege stehen und hat eingeschlagen.

Ach, was war ich glücklich, so ein fesches Mannsbild an meiner Seite zu bekommen. Das Glück hat nicht jede!

VI

Nach einer kurzen Verlobungszeit, in der ich meinen zukünftigen Mann leider nicht oft gesehen habe – eigentlich nur einmal zur Vertragsunterschrift wegen der Hofübergabe – sollte die Hochzeit bald stattfinden.

Gott sei Dank, dass ich bei seiner Unterschrift gesehen habe, dass mein Liebster Adalbert heißt. Hätte sonst peinlich werden können, wenn der Pastor gesagt hätte: „Ärna, willst du den hier anwesenden Adalbert heiraten?" und ich mich dann erst mal umgesehen hätte, wer gemeint ist...

Die Hochzeit war sehr schön und wurde groß gefeiert, da hat sich mein lieber Papa nicht lumpen lassen.

Ich hatte ein Brautkleid mit einem dichten Schleier an, und mein Adalbert hat mich gebeten, diesen vor meinem Gesicht zu lassen. Ich habe es nicht ganz verstanden, wollte aber meinem Angetrauten doch diese Freude machen.

War zwar etwas schwierig beim Essen und Trinken, aber ich war ja sowieso so aufgeregt, dass kaum was reinging.

Getanzt hat mein frisch angetrauter Ehegatte auch mal ganz kurz mit mir, ich war ganz stolz. Danach hat er mir erklärt, dass er mit allen Frauen tanzen müsse, sonst wären diese beleidigt. Ich habe das verstanden.

Verstanden habe ich aber nicht, warum mein Mann dann mit einer ehemaligen Haushälterin von meinem Papa so oft getanzt hat. Aber vielleicht war das eine, die besonders schnell beleidigt war? Irgendwann sah ich, wie mein Mann der Frau an den Hintern fasste, aber vielleicht war sie nur ausgerutscht und er hat sie festhalten müssen?!

Ach, ist das nicht ein lieber Mann?

Später des Abends waren alle ziemlich alkoholisiert, und das Fest ging dem Ende zu. Endlich führte mich mein Ehegatte ins Brautgemach.

Diese Aufregung, endlich mal einen nackten Mann zu sehen! Mein Schatz hat leider sofort das Licht ausgemacht. Jetzt sollte ich mich ausziehen und zu ihm ins Bett kommen.

Bevor ich groß was sagen konnte, hatte er ein Handtuch über mein Gesicht gelegt, sich auf mich gewälzt, zweimal geschnauft, sich runtergerollt und übergangslos angefangen zu schnarchen.

Wegen dem Bisschen machen immer alle so einen Aufstand? Ich wusste ja, wie das bei den Tieren geht, aber die Menschen machen so einen Zirkus um diese zwei Minuten?

VII

So begann mein Eheleben.

Wenn ich vorher viel Arbeit gehabt hatte, wurde es jetzt auch nicht weniger. Mein Adalbert hatte „Rücken" und „Knie" und konnte daher nicht beim Vieh und im Haushalt helfen. Er musste den ganzen Tag im Bett oder auf dem Sofa liegen und sich bedienen lassen. Der arme Mann tat mir ja so leid. Ansonsten hatte ich ja einen ganz lieben Mann.

Nach der Hochzeitsnacht hat sich Adalbert beklagt, dass ich so schnarche, er wollte bitte getrennt schlafen.

Ja gut, so viel Platz war ja auch nicht, deshalb bin ich in der Küche zu unserem Hund in den Korb gekrabbelt. Das war so weich und kuschelig.

Eigentlich habe ich es doch richtig gut getroffen. Mein Adalbert weiß einfach, was gut für mich ist.

Alle paar Wochen durfte ich zu Adalbert ins Bett kommen. Nach den zwei Minuten konnte ich dann wieder zum Hund ins Körbchen krabbeln. Immer wenn ich dann „meine Tage" hatte, hat Adalbert gequält geguckt und gemeint: „Jetzt muss ich noch mal ran". Das habe ich nicht so ganz kapiert.

Nachdem wir so ein paar Monate verheiratet waren, hat mich mein Papa zu sich gerufen. Er war mittlerweile in ein Seniorenheim gezogen, weil er „das junge Volk" alleine lassen wollte. Eigentlich hatte er gerade eine nette Frau gefunden und wollte mit der zusammenleben. Die Frau tat meinem Papa sehr gut. Unser Hausarzt meinte, dass Papa mindestens hundert Jahre alt wird.

Papa meinte dann, dass er mir unbedingt was sagen müsste. Ich hatte schon richtig Bedenken, was los sein könnte. Als ich dort war, hat Papa ganz geheimnisvoll getan. Dann zeigte er mir den Vertrag, den er mit Adalbert geschlossen hatte. Darin war zu lesen, dass Adalbert mit mir einen Nachkommen zeugen musste, um weiterhin auf dem Hof bleiben zu dürfen. Außerdem sollte beim Ableben von Papa der Hof gänzlich an mich gehen. Das alles fand ich sehr verwirrend.

VIII

Hurra, ich bekomme ein Kälbchen, ... ich meinte, ein Kind!

Nachdem schon zwei Monate „meine Sache" nicht gekommen ist, hat unser Knecht einen Test aus der Apotheke geholt.

Ich wäre ja gerne selber mal wieder in den Ort gefahren, aber Adalbert meint, dass bei dem neuen Auto die Batterie geschont werden müsse.

Außerdem habe ich schon einige Zeit nichts mehr zum Anziehen bekommen. Meine Leggins hat schon ein paar kleine Löcher, aber die kann man zusammenziehen. Meiner Bluse fehlen ein paar Knöpfe, aber das Garn ist meinem Adalbert einfach zu teuer, ich verstehe es ja. Die Schuhe gehen noch, nasse Füße bekomme ich nur bei Regen oder Schnee. Also alles halb so schlimm. Nur meine Schürze ist leider nur noch Fetzen, nachdem der Hund mich aus dem Korb ziehen wollte, weil ich wohl zu viel Platz gebraucht habe.

Vor kurzem war so eine Sammlung von Sachen, die in Plastiksäcken mit einem roten Kreuz waren. Mein lieber Adalbert hat mir ein paar Tüten gebracht und gemeint, ich könnte mir was aussuchen. Ist er nicht aufmerksam?

In den Tüten habe ich so schöne Sachen gefunden. Vor allem eine ganz heile, grüne, richtig gute Kittelschürze. Meine Schürze habe ich ja immer hinten zugebunden, also muss wohl auch die Kittelschürze hinten zugeknöpft werden. Etwas mühsam ist es ja, wenn die Taschen dann so weit hinten sind, aber wenn es so gemacht wird? Mein Adalbert meinte, ich hätte die Kittelschürze vielleicht verkehrt herum an. Das Dummerchen, käme ich mit meinen Beinen durch diese Armlöcher? Kein Sinn für Mode... Männer halt... Aber sonst ja ganz lieb.

In den Tüten habe ich auch einen eleganten Hut gefunden, der passte mir genau. Dann gab es noch eine ärmellose Weste, mit Silber drin verarbeitet. Das muss doch wertvoll sein, wer gibt denn so was weg? Sollte ich jetzt mal ausgehen, dann bin ich richtig schick.

Ja, so lieb ist mein Adalbert zu mir.

IX

Meine Schwangerschaft macht mir nicht allzu sehr Mühe.

Leider wird mein lieber Papa sein Enkelkind nicht mehr erleben können, denn er ist kurz nach meinem Besuch bei ihm verstorben. Adalbert war in seinen letzten Minuten bei ihm. Das war ja sehr lieb von Adalbert.

Seltsamerweise konnte ich den Vertrag zwischen Papa und Adalbert nicht in seiner Hinterlassenschaft finden. Aber vielleicht hat das Personal in dem Seniorenheim geschludert?

Ach, es war so eine schöne Beerdigung. So viele Leute waren da.

Ganz viele haben mit ihr Beileid bekundet und mir gleichzeitig zu meiner Schwangerschaft gratuliert. Das war dann eine Freude in der Trauer.

Der Hausarzt meinte, dass Papa eigentlich doch ganz gesund war, aber man nicht in den Menschen hineinsehen kann.

Als dann die Testamentseröffnung war, wollte Adalbert mir diesen ganzen Stress nicht antun. Damit ich auch wirklich zu Hause bleibe und mich erhole, hat er vorsorglich die Türen abgeschlossen.

Was für einen lieben Mann habe ich doch bekommen!

Bis zwei Stunden vor der Niederkunft konnte ich den Hof noch weiterführen und Adalbert bei seinen Krankheiten unterstützen.

Ich durfte die letzten beiden Nächte sogar bei meinem Schatz im Bett schlafen. Das war etwas anstrengend, weil der Hund dann auch immer dazukommen wollte.

Endlich ist es soweit.

Adalbert hat den Tierarzt geholt, weil die Hebamme auch wirklich einfach zu teuer war. Ins Krankenhaus wollte er mich auch nicht bringen, weil er nicht auf mich verzichten wollte. Ach, ist das schön, wenn jemand einen so sehr liebt!

Die Geburt unserer Tochter ging sehr schnell.

Adalbert meinte auch, dass er sonst verhungern würde. Ich solle mich beeilen, damit er wenigstens noch was zum Mittagessen bekäme, das Frühstück hätte er schließlich schon in der Wirtschaft essen müssen.

Natürlich habe ich dann etwas schneller gepresst, und unsere kleine Tochter kam dann auch ruckzuck.

Bei der Namensgebung waren wir uns erst nicht so ganz einig. Aber dann habe ich mich durchgesetzt und den Namen meiner Mutter eintragen lassen. Meine Mama hat Nikohle geheißen. Mein Adalbert meinte, dass wäre ihm eigentlich egal, Hauptsache es wäre ein Mädchen. Ich glaube, er hatte etwas Angst vor männlicher Konkurrenz????

So langsam hat sich dann unser Leben wieder normalisiert. Es war jetzt halt ein bisschen stressiger, den Hof, das Kind und Adalbert zu versorgen. Aber man wächst ja an den Aufgaben. Oder wie heißt es so treffend?

Da ich ja immer noch schnarche, jedenfalls laut Adalbert, habe ich mir einfach das Katzenkörbchen neben den Hundekorb gestellt und habe so meine Tochter nachts immer bei mir. Manchmal muss ich aufpassen, dass ich nicht aus Versehen eine Katze stille. Es muss doch genug Milch für mein Baby da sein.

Nach ein paar Wochen kam eine sehr hübsche Frau mit ganz viel Glitzer auf ihrem Shirt und im Gesicht auf den Hof und meinte, sie wäre die Cousine von Adalbert.

Auf unserer Hochzeit habe ich sie aber nicht gesehen. Im Nachhinein fällt mir auf, dass von seiner Familie eigentlich *niemand* da war.

Mein Adalbert meinte, seine Cousine Schantalle hätte in letzter Zeit viel durchgemacht und müsse deshalb einige Zeit bei uns bleiben. Ich wusste gar nicht, dass mein lieber Adalbert so ein großes Herz hatte.

Schantalle hat dann ihren Koffer gleich in unser Schlafzimmer getragen. Adalbert meinte dann, dass sie nachts vor lauter Kummer nicht alleine schlafen kann und deshalb in meinem Bett schlafen würde.

Ist schon okay … die arme Frau.

Nachts hörte ich dann, wie Schantalle gestöhnt und geschrien hat. Was tat mir doch der arme Adalbert leid, wo ihn doch schon mein Schnarchen immer so gestört hat.

Am nächsten Morgen kamen Schantalle und Adalbert erst zum gedeckten Frühstückstisch, nachdem ich nochmals so Stöhnen und spitze Schreie gehört hatte. Ach, ich kann gar nicht sagen, wie sehr mir die Frau leid tat. Schantalle konnte natürlich nichts helfen, denn sie musste sich ja erst einmal von allem erholen. Adalbert ist sogar mit ihr zum Mittagsschlaf gegangen.

Ich bin ganz stolz auf meinen fürsorglichen und liebevollen Ehemann.

Nach ein paar Tagen hat mein Adalbert die Schantalle in unser neues Auto gesetzt und sie zum Bahnhof gebracht. Schade, die Anwesenheit hat meinem Adalbert doch auch gut getan, er konnte jetzt sogar mehr als fünf Meter laufen. Das hat mich sehr gefreut.

Habe ich schon unser neues Auto erwähnt? Das ist etwas gewöhnungsbedürftig. Ich habe mich mal ganz heimlich versucht reinzusetzen. Das war schon schwierig, da kam ich mir vor, als wenn ich auf der Erde sitze. Das Aussteigen war aber noch schwieriger, ich bin immer zurückgeplumst.

Außerdem ist es nicht meine Farbe, so ganz rot und ein schwarzes Pferd ist vorne drauf. Was mich auch nicht so sehr begeistert ist, dass es so laut ist, wenn Adalbert mal eine Runde auf dem Hof dreht.

Aber ich lasse ihm die Freude. Er fährt ja nicht so oft damit, meistens nur, wenn er in die Wirtschaft geht, also jeden Abend.

Meine kleine Nikohle war jetzt auch schon fast ein Jahr alt. Eigentlich hätte ich gerne noch ein Kind gehabt, aber Adalbert meinte, das wäre zu teuer. Na ja, dann hätte ich auch wieder ins Ehebett müssen, na gut. Wir leben ja sehr sparsam.

Ich koche für Adalbert, und die Reste teilen der Hund und ich. Der Hund bekommt ja noch Hundefutter, sonst würde er nicht satt werden.

Neue Anziehsachen braucht auch nur Adalbert immer, er meint, dass er schließlich den Hof repräsentiert, und wenn er in den Dorfgasthof ginge, müsste er immer gut gekleidet sein. Da hat er doch recht, so wie immer halt.

X

Einmal im Jahr lebe ich wie die Made im Speck. Wenn es ans Einkochen geht, habe ich so viel zu essen, da futtere ich mir immer eine Speckschicht für den Winter an.

Adalbert meinte, ich wäre auseinandergegangen wie ein Hefekloß und sollte doch lieber mehr einkochen und nicht so viel naschen. Das versteht er aber nicht, man muss doch immer probieren.

Gut, mein schöner grüner Kittel spannt ein wenig, aber dann lasse ich einfach ein paar Knöpfe auf, die sind ja eh hinten. Die Bluse hat mittlerweile nur noch 3 Knöpfe, aber das sieht man unter der Kittelschürze nicht. Die Leggins dehnt sich noch ein Stückchen. Also ich bin gut im Futter und das ist doch gut so, oder?

Der nächste Winter kann kommen!

Kurz vor dem ersten Geburtstag unserer Nikohle bekamen wir wieder Besuch von einer Cousine von Adalbert. Die war mal hübsch und hatte so viel Farbe im Gesicht, das war bestimmt künstlerisch wertvoll. Die Cousine hieß Iwonne und hat eigentlich schlecht deutsch gesprochen. Ich wusste gar nicht, dass Adalbert Verwandtschaft im Ausland hat.

Iwonne muss es wohl auch sehr schlecht gehen, sie ist sofort ins Schlafzimmer zu Adalbert gezogen. Nachts habe ich dann wieder das Stöhnen der armen Frau gehört, ich glaube Adalbert hat aus Sympathie mit gestöhnt. Das tat mir ja so leid, aber die Türe war zu, sonst hätte ich vielleicht helfen können.

Iwonne ist eigentlich den ganzen Tag im Bett geblieben und ich habe ihr das Essen gebracht. Adalbert hat sich zwischendurch zu ihr gelegt und sie getröstet. So ein lieber Mann!

Irgendwann, so nach drei Tagen, kam Iwonne aus dem Schlafzimmer. Sie hat sich den Bademantel meiner Mutter umgelegt. Als der Bademantel auseinanderklafft, sehe ich, dass sie ganz nackig ist, hoffentlich muss sie nicht frieren.

Dann sehe ich, dass die Perlenkette meiner Mutter um ihren Hals liegt. Adalbert meinte dann, dass das arme Mädchen einfach etwas Schönes zum Ansehen brauchte. Das verstehe ich natürlich. So ein lieber Mann, denkt immer an andere!

Nach fast einer Woche, die Iwonne und Adalbert fast immer zusammen im Bett verbracht hatten, ist Iwonne wieder ausgezogen. Adalbert meinte, sie würde zu einem anderen Cousin ziehen.

Hat er doch so viel Familie?

Manchmal frage ich mich, ob in der Familie von Adalbert alles richtig ist, wenn zwei Cousinen von ihm so Alpträume haben und betreut werden müssen. Gott sei Dank sehe ich bei Nikohle keine Anzeichen für eine Störung.

XI

Hurra, unsere Schule macht ein Klassentreffen in unserer alten Schule!

Auch ich habe eine Einladung bekommen. Auf der stand, ich sollte doch kommen, sie bräuchten unbedingt was zum Lachen. Ach, sie mögen mich immer noch, nach so vielen Jahren.

Ich habe meinen Hut in Form gedrückt und meine Leggins nach Löchern untersucht. Da meine Bluse mittlerweile nur noch zwei Knöpfe hat, ziehe ich natürlich meinen schönen grünen Kittel darüber. Meine ärmellose Jacke mit dem Silber durch ist auch noch einigermaßen sauber, also steht dem Besuch des Klassentreffens nichts im Wege.

Ich freue mich ja schon so!

Es ist mir fast unangenehm, aber dann frage ich Adalbert doch, ob er mich dann hinbringen würde. Der älteste Knecht auf unserem Hof würde auch den Babysitter für Nikohle machen, damit hätte Adalbert dann gar keine Arbeit. Vorkochen würde ich auch.

Adalbert überlegt eine Weile und meinte dann, dass das Auto geschont werden müsste und er schließlich am Abend noch in den Dorfgasthof müsste. Das verstehe ich ja.

Aber dann meinte er, wenn ich da unbedingt hinwollte, dann würde er mir das Klassentreffen natürlich erlauben.

Ach, bin ich glücklich, dass ich so einen verständnisvollen Mann habe.

Ich sage ihm dann, dass ich einfach mit dem Fahrrad fahren würde. Adalbert meinte aber, da ich das Fahrrad ja fast drei Wochen nicht gebraucht habe, hätte er es günstig verkauft. Gut, das verstehe ich, muss ja nicht herumstehen.

Dann gehe ich halt zwei Stunden vor Beginn des Klassentreffens los, wird schon reichen.

Als ich dann ankam, waren die meisten schon da. War das ein Gejohle, als ich in die Aula kam! Ach, ist das schön, wenn sich jemand freut, einen zu sehen. Es wurde mir ganz warm ums Herz.

Bevor es ans Tanzen ging, haben alle aus ihrem Leben erzählt. Ich sollte als letzte berichten, was sich in meinem Leben so getan hat. Leider hat dann die Zeit nicht mehr gereicht, aber das ist ja nicht so schlimm, es gab ja nicht viel Aufregendes zu erzählen.

Während alle so in Grüppchen zusammenstanden, bin ich so von einem zum anderen gewandert. Ich wollte ja mit allen reden, nicht, dass jemand beleidigt ist. Leider hatte keiner Zeit, mit mir zu reden, aber das verstehe ich ja, es war ja so viel los.

Zwischendurch habe ich mal gehört, wie jemand meinte, dass es ein Wunder wäre, dass ich verheiratet bin. Ein anderer meinte dann, dass mein Papa ja meinen Hintern ganz schön versilbert hätte, damit jemand ansprang. Das verstehe ich nicht, mein Hintern ist doch nicht silbern???

Nachdem mich die ehemaligen Mitschülerinnen auf der Toilette eingeschlossen hatten und die Jungs mir beim Essen ein Bein gestellt haben, bin ich wieder nach Hause gelaufen.

Ach, war das schön, alle mal wieder zu sehen.

Mein Adalbert ist kurz vor mir nach Hause gekommen, er hat mich auf der Landstraße noch überholt. Bestimmt hat er mich nicht erkannt, sonst hätte er nicht nur gehupt, sondern garantiert angehalten und mich die restlichen vier Kilometer mitgenommen. Aber Laufen ist ja so gesund.

XII

Hurra, ich bekomme doch noch mal Nachwuchs!

Das war irgendwie komisch. Es waren einige Männer bei uns, die haben Adalbert besucht. Dann haben sie in der „guten Stube" gesessen und Karten gespielt. Ich hatte richtig Mühe, genug Bier, Schnaps und Essen zu bringen. Gott sei Dank koche ich immer viel ein.

Irgendwann, schon fast am anderen Morgen, hat mich Adalbert aus meinem Korb gezogen und gemeint, ich wäre der Einsatz gewesen und er hätte gewonnen. Das habe ich jetzt nicht richtig begriffen.

Jedenfalls sollte ich ins Bett gehen; dort hat Adalbert ein Handtuch über mein Gesicht geworfen. Kurz darauf ist er zu mir gekrochen. Irgendwie hat er anders gerochen und sich auch anders angefühlt. Aber das erste Mal im Leben habe ich Spaß an der ganzen Sache gehabt und war fast traurig, als es vorbei war. Dann ist er wieder aufgestanden.

Kurz drauf hat Adalbert das Handtuch weggenommen und mich aus dem Bett gescheucht. Seltsam, wie schnell er sich anziehen kann....

Ein paar Wochen später habe ich festgestellt, dass „meine Tage" nicht kamen. Ach, habe ich mich gefreut"

Adalbert hat ganz seltsam geguckt, als ich ihm vor Freude um den Hals gefallen bin. Aber meine Bitte, dass wir das

Ganze nochmals wiederholen, so wie letztes Mal, hat er leider nicht erfüllt.

Meine Nikohle war jetzt 14 Monate alt, das war also genau der richtige Zeitpunkt, nochmals ein Baby zu bekommen. Hoffentlich wird es ein Junge, obwohl Adalbert das nicht so gerne hätte.

XIII

Die Schwangerschaft war anfangs nicht so anstrengend.

Anstrengender war die dritte Cousine von Adalbert. Den Namen hatte ich nicht ganz verstanden, so etwa wie Kotzima oder so ähnlich. Jedenfalls, die Frau war sehr heikel mit dem Essen. Es musste wegedarische Kost her und viel Salat und so'n Zeugs.

Adalbert isst ja am liebsten ein großes Stück Fleisch mit ein bisschen Beilagen dazu. Meistens kriegen der Hund und ich die Beilagen, der Hund kann ab und zu mal Glück haben und bekommt ein Stück Fleisch von Adalbert.

Als ich dann beim Mittagessen das Stück Fleisch auf Adalberts Teller gehievt habe, hat Kotzima ein Riesentheater gemacht. So etwas dürfe man nicht essen, die armen Tiere und so weiter. Ich habe das nicht verstanden. Jedenfalls hat Adalbert das erste Mal, seit ich ihn kenne, das Fleisch weggeschoben und nur die Beilagen gegessen. Ich glaube, der arme Mann wird krank.

Der Hund und ich hatten nachher einen Riesenstreit um das Fleisch.

Gegen Abend ist Adalbert mit Kotzima in unser Schlafzimmer gegangen. Jetzt tat sie mir fast leid, so wie die gestöhnt hat.

Am anderen Morgen habe ich versucht, ein wegedarisches Frühstück zu machen für Adalbert und Kotzima. Gut, eigentlich nur Marmelade, Brot und schwarzen Kaffee. Adalbert hat mich ganz böse angesehen, warum, weiß ich auch nicht.

Später hörte ich ihn im Keller, wo der Speck und die Würste hängen. Er hat sich selbst großzügig an den Vorräten bedient. Ach, ist Adalbert lieb. Denn mit fortschreitender Schwangerschaft fällt mir der Gang in den Keller doch langsam ziemlich schwer.

Jedenfalls war diese Cousine nur kurze Zeit bei uns. Adalbert meinte dann, die bräuchte nicht mehr zu kommen.

Bei uns herrscht noch richtige Rollenverteilung. Das heißt, der Mann macht alles mit dem Geld und die Frau den Rest.

Ich habe ein paar Tage mit mir gerungen, ob ich Adalbert um etwas bitten soll. Leider sind die Windeln von Nikohle nichts mehr, die konnte ich nicht mal mehr als Putzlappen nehmen. Also habe ich Adalbert gefragt, ob er mir ein Stück Stoff aus dem Dorf mitbringt, damit ich für das neue Baby ein paar Windeln daraus machen könnte. Oh je, dass gab ein Theater. Adalbert hat sich – natürlich zu Recht – geweigert, für mich einzukaufen. Das wäre Frauensache, das könnte man ihm doch nicht zumuten.

Was mich dann aber überrascht hat, war, dass Adalbert mir ein paar kaputte Unterhemden und zwei Oberhemden gegeben und gemeint hat, das ginge doch bestimmt auch. Da war ich doch mal wieder glücklich über einen solch sparsamen, schlauen und liebevollen Mann.

Ja, unser Leben war einfach schön!

Diese Schwangerschaft wurde dann mit der Zeit aber doch etwas anstrengender als die erste.

Adalbert trinkt so gerne seine sieben Bierchen am Tag. Das ist ja nicht viel, er muss ja abends immer noch in den Dorfgasthof fahren, deshalb hält er sich tagsüber zurück. Und normalerweise hole ich ihm jede Bierflasche einzeln hoch, weil das Bier doch im Keller so schön gekühlt wird. Diesmal dachte ich, dass es ja draußen kalt ist, dann reicht es doch, wenn ich bei einem Mal die Flaschen hochhole. Oh je, das gab Theater. Ja gut, ich werde mich bessern. Mein Adalbert soll nicht mehr böse auf mich werden.

XIV

Mittlerweile bekommen wir öfters mal Besuch von ein paar Männern. Die essen und trinken gerne bei uns, weil Adalbert ja nett zu seinem Besuch ist. Ich habe auch meinen Platz am Tisch abgegeben und esse mit Nikohle und dem Hund draußen, damit ich nicht so störe.

Nikohle ist genau so gerne wie ich bei unseren Kälbchen, und da lasse ich sie dann auch manchmal, weil der Krach im Haus doch laut ist.

Manchmal sitzen die Herren die ganze Nacht in der guten Stube und spielen Karten, trinken, lachen und singen. Das hört sich allerdings nicht so gut an – ich habe schon mal die Stalltüre geölt, weil ich dachte, die komischen Geräusche kämen von dort.

Letztens habe ich mich gefreut, als diese Männer mit ihren Frauen gekommen sind. Die Frauen haben viel gelacht und viel getrunken, und ich habe sie bedient. Leider haben sie nur schlecht deutsch gesprochen, so konnte ich die Namen nicht verstehen. Aber die Frauen waren sehr schön und hatten ganz viel Farbe im Gesicht. Mit der Kleidung hatten sie sehr gespart, hoffentlich frieren sie nicht.

Gegen später hörte ich dann, dass sie Schtrippoker spielen wollten, das Spiel kenne ich nicht.

Adalbert hat mir dann irgendwann gesagt, dass ich zum Hund in die Küche sollte. Ach, ist er nicht nett? Er hat sicher gemerkt, dass mit der Schwangerschaft alles ein bisschen schlechter geht. Ich bin dann zum Hund ins Körbchen gekrabbelt und Nikohle zu den Kälbchen.

Lange konnte ich nicht einschlafen, weil die so laut waren im Wohnzimmer. Als ich mal auf die Toilette musste, habe ich einen Blick riskiert. Denen musste wohl sehr warm geworden sein, die waren alle nackig oder fast nackig. Hoffentlich holen die sich keine Erkältung.

Am anderen Tag kamen alle aus der guten Stube und verlangten ein Frühstück. Das mache ich ja gerne, weil die Freunde von Adalbert ja auch meine Freunde sind.

Im Wohnzimmer habe ich dann noch einen hauchdünnen Schlüpfer, einen schönen Spitzen-BH und eine Hose gefunden. Dann waren da noch viele schlaffe weiße Luft-ballons mit irgendwas drin. Wer das nur alles verloren hat?

Adalbert kam nach dieser Nacht zwei Tage nicht aus dem Bett. Ich wusste doch, dass es nicht gesund ist, wenn man so nackig herumturnt. Aber er hat sich schnell erholt und konnte dann seinen Platz auf dem Sofa wieder einnehmen. Gott sei Dank!

XV

Ein paar Tage später habe ich gemerkt, dass das Baby kommen will. Adalbert hat dann eine Frau geholt, die sollte mir helfen. Der Tierarzt wäre mittlerweile auch einfach zu teuer. Gut, das habe ich verstanden.

Die Frau war noch jung, sehr schick angezogen und hatte viel Farbe im Gesicht. Leider hat sie kein Deutsch gesprochen, so konnte sie mir eigentlich nicht viel helfen.

Wie bei Nikohle ging auch diese Geburt sehr schnell. Es war wieder ein Mädchen – schade, ich hätte gerne einen Jungen gehabt.

Jetzt musste ich mir wieder einen Namen ausdenken, denn Adalbert hatte kein Interesse daran. Gut, ich habe ihr dann den Namen Wahlburka gegeben, nach meiner Großmutter.

Am nächsten Tag habe ich mich dann wieder aufgerafft und habe Mittagessen gekocht für meinen lieben Mann und zweifachen Vater und auch für die Frau, die extra wegen mir gekommen war. Sie hat auch bei uns übernachtet. Ich habe ihr gerne mein Bett überlassen und bin ins Körbchen gekrabbelt.

Seltsamerweise muss sie auch so Probleme haben wie die Cousinen von Adalbert, denn sie hat auch die halbe Nacht gestöhnt. Ich dachte erst, Adalbert hätte ich auch stöhnen gehört, ich kann mich aber auch geirrt haben.

Jetzt haben wir zwei Mädchen zu versorgen. Adalbert schimpft immer, dass alles so teuer ist für uns Frauen, er hat ja so recht. Mittlerweile haben wir keine Knechte mehr auf unserem Hof, weil das bisschen Arbeit ja auch von mir erledigt werden kann, meinte Adalbert.

Gut, es ist halt nicht alles so schnell fertig und meine Nächte sind auch kürzer geworden, aber wer braucht denn schon viel Schlaf?

Ab und zu verkauft Adalbert eine Kuh oder ein Schwein. Er sagt immer, dass er das Geld für seine Frauen braucht. Dabei meine ich immer, seine Töchter und ich kosten nicht sooo viel, aber wenn er das sagt....

Ich weiß auch gar nicht mehr, wie teuer alles geworden ist, weil Adalbert das Geld verwaltet und ich keine Zeit zum Einkaufen habe.

Letztens kam ein Schreiben vom Amt, dass Adalbert wohl zu schnell auf der Landstraße war und dort einen Unfall verursacht hatte. Er hat zurückgeschrieben, dass er das auf alle Fälle nicht gewesen sein kann, weil er auf dem Hof bei mir war. Ich weiß es nicht mehr so genau, aber wenn Adalbert das sagt, dann muss es ja wohl stimmen. Ein paar Wochen war Ruhe, dann kam ein Schreiben, dass ich zur Polizei müsste und die Angaben von Adalbert bestätigen sollte.

War das aufregend! Adalbert hat mir genau gesagt, was ich aussagen sollte. Gut, dass er mir so geholfen hat, ich hätte bestimmt nicht gewusst, was ich sagen muss. Adalbert hat mir dann aufgezeigt, wo ich entlang gehen müsste. Hauptsache früh genug loslaufen, damit ich nicht zu spät komme.

Bei der Polizei waren alle sehr nett zu mir. Ich habe nicht ganz verstanden, warum sie mich immer gefragt haben, ob ich „freiwillig" diese Angaben mache, oder ob ich unter „Druck" aussagen würde, dass Adalbert bei mir war in der fraglichen Zeit. Ich habe immer nur das wiederholt, was Adalbert mir gesagt hat. Irgendwann durfte ich dann wieder gehen.

Auf dem Nachhauseweg ist mir siedend heiß eingefallen, dass ich ganz vergessen hatte, dem Adalbert das Bier aus dem Keller zu holen. Die Kinder hatte ich in den Kälbchenstall gebracht, das kannte ich ja aus meiner Kindheit.

Als ich zu Hause ankam, war es ganz still in der „guten Stube". Adalbert saß nicht aus dem Sofa, also habe ich gesucht. Im Bett und auf dem Klo war er auch nicht.

Da, auf einmal hörte ich eine schwache Stimme nach mir rufen. Ich habe bestimmt noch eine halbe Stunde gesucht, bis ich Adalbert gefunden hatte. Wer hätte denn auch gedacht, dass er freiwillig in den Keller geht und sein Bier holt?

Adalbert lag am Fuße der Treppe und hat laut gestöhnt. Er hat mich dann immer wieder angefleht, ihm zu helfen. Ich habe ihn schlecht verstanden, es hörte sich an wie: „Hilf mir die Treppe runter!" oder so ähnlich.

Ja gut, wenn er das meint … War das anstrengend, das kann ich wohl laut sagen. Fünf Mal musste ich ihn hochschleppen und die Treppe wieder runterfallen lassen, bis er nichts mehr gesagt hat. Ich wusste gar nicht, dass Adalbert so depressiv war und sich deshalb umbringen wollte, indem er sich die Treppe hinunterstürzt.

Nachdem ich mich dann erst ein bisschen erholt hatte, habe ich den Hausarzt angerufen. Der ist gekommen und hat sich den Adalbert angesehen. Dann hat er gleich gesagt, er wolle als Todesursache „Herzversagen" reinschreiben, denn bei Selbstmord würde die Lebensversicherung nicht zahlen.

Ich wusste gar nicht, dass Adalbert eine hohe Lebensversicherung auf sich und eine noch höhere auf mich abgeschlossen hatte. So ein lieber Mann, sogar nach seinem Tode versorgt er seine Kinder und mich so gut.

Ach, war das eine traurige Sache!

Ganz viele sind zur Beerdigung gekommen. Der Adalbert war aber auch eine so schöne Leiche, als er so aufgebahrt dalag.

Als ich dann wieder auf unserem Hof war, habe ich die schönen Anziehsachen von Adalbert in Koffer gepackt und auf den Dachboden gestellt. Man weiß ja nie, ob man sie noch mal braucht.

Die Papiere habe ich dann in einer großen Schachtel gefunden. Seltsamerweise auch den Vertrag zwischen Adalbert und meinem geliebten Papa. Also hatten die in dem Seniorenheim doch nicht geschludert.

XVI

Jetzt war ich ja eine sehr reiche Frau.

Erst einmal habe ich mir eine Waschmaschine angeschafft, damit ich meine Kittelschürze und die Windeln meiner Kinder nicht immer über dem Herd auskochen musste.

Dann habe ich wieder einen Knecht eingestellt, weil es ohne Mann doch einfach zu einsam ist. Außerdem koche ich gerne für einen Mann. So kam Fridolin auf unseren Hof. Er war etwa so groß wie Adalbert und hatte auch in etwa denselben Bauchumfang. Fridolin war nur ein paar Jahre älter als ich, so ungefähr zwanzig.

Ich habe versucht, wieder ins Ehebett zu gehen, musste halt den Hund erst mal so gefühlte zweihundert Mal rauswerfen. Er war einfach so an mich gewöhnt. Erst, als ich meine beiden Mädchen nachts zu ihm gelegt habe, hat er Ruhe gegeben.

Eines nachts ist Fridolin zu mir ins Schlafzimmer gekommen, hat die Bettdecke weggezogen, dass mir ganz kalt wurde. Dann hat er mir ein Handtuch über das Gesicht geschmissen und sich auf mich gelegt. Ich war ganz gespannt, was passieren würde. Fridolin hat ein paar Mal laut gegrunzt und sich dann von mir gerollt. Ja gut, es war halt so ähnlich wie bei Adalbert (außer das eine Mal, als Wahlburka gezeugt wurde).

Am anderen Morgen hat Fridolin mir dann erklärt, dass wir nach dem Trauerjahr heiraten müssten. Wir könnten ja nicht „in Sünde" leben.

Da hat er Recht. Nicht, dass der Pfarrer dann von der Kanzel gegen uns wettert. Denn zur Kirche gehe ich jetzt auch wieder, da ich ja etwas mehr Zeit habe. Der Pfarrer kommt auch oft zu mir und erzählt immer von seiner kaputten Orgel, dem undichten Dach und so weiter. Wenn ich ihm dann einen Scheck mitgebe, segnet er mich immer, das ist ja so schön.

Fridolin ist so fleißig. Er mistet ganz alleine den Stall aus und treibt die Kühe auf die Weide und zurück. Meine beiden kleinen Mädchen können ihm schon helfen. Vorsichtshalber ziehe ich ihnen Kopftücher an, nicht dass es ihnen so geht wie mir damals.

Ach, das waren noch Zeiten ...

Nachdem das Trauerjahr vorbei war, haben Fridolin und ich geheiratet. Es war diesmal keine so große Hochzeit. Es hat mich sehr gefreut, dass die schönen Anziehsachen von Adalbert dem Fridolin gepasst haben, so brauchte er nicht mal einen neuen Anzug.

Mein Kleid der ersten Hochzeit konnte ich auch noch anziehen. Die Knöpfe hinten habe ich einfach mit Gummiband fixiert, weil ich es nicht mehr schließen konnte. Dann habe ich meine schöne Weste mit dem Silber darüber gezogen und dann war ich schick. Meine Schuhe hatte ich mir selbst besohlt, weil ich keine neuen kaufen wollte.

Fridolin ist ja wirklich lieb, er meinte doch, ich sollte mir doch ein neues Kleid und neue Schuhe kaufen. Aber das ist doch Verschwendung, Adalbert hätte die Hände über dem Kopf zusammengeschlagen.

Ich weiß, ich sollte Adalbert vergessen und mich auf Fridolin konzentrieren.

In unserer Hochzeitsnacht hat Fridolin ganz viel Alkohol getrunken. Ich wusste gar nicht, dass man so viel trinken kann.

Als es ins Bett ging, habe ich aus Versehen die Bettdecke nicht richtig zurückgeschlagen. Fridolin hat mich ganz böse angesehen und gemeint, er müsste mich jetzt wohl erziehen. Ich habe ganz schnell das Licht ausgemacht, und Fridolin hat dann gleich gewaltig geschnarcht.

XVII

Der erste Tag, als wieder verheiratete, ehemalige Witwe fing nicht so gut an: Ich habe so wie immer Frühstück gemacht, aber Fridolin meinte, das Ei wäre zu hart gekocht gewesen. Ja gut, dann muss ich morgen halt aufpassen. Das Brot war ihm zu weich und der Schinken zu salzig. Ach, wo habe ich nur meine Gedanken, ich muss besser aufpassen, was Fridolin will.

Ich bin selber schuld!

Beim Mittagessen habe ich versucht, so zu kochen, wie Fridolin es sonst gerne gegessen hat. Leider habe ich wohl das Gemüse zu bissfest gemacht, das Fleisch war nicht gut genug gewürzt und die Kartoffeln waren zu weich gekocht.

Kein Wunder, dass Fridolin zu Recht sauer auf mich war und mir eine Ohrfeige gegeben hat.

Meine beiden kleinen Mädchen guckten ganz eingeschüchtert. Ich habe versucht, ihnen zu erklären, dass ich ja selber schuld war.

Beim Abendessen war dann wohl alles in Ordnung. Ich durfte sogar wieder in mein Bett. Die Mädchen wollten erst mit reinkrabbeln, aber Fridolin hat ihnen das verboten und sie sind zum Hund ins Körbchen gegangen.

In der Nacht hat Fridolin mir dann meine Bettdecke weggenommen und gemeint, ich wäre ja so dick und würde bestimmt nicht frieren vor lauter Speck, da bräuchte ich nichts zum Zudecken. Aber auch etwas fülligere Menschen frieren doch, habe ich gemeint. Da habe ich dann meine nächste Ohrfeige kassiert. Selber schuld, was widerspreche ich auch?! Ab jetzt versuche ich, alles richtig zu machen und auch nicht mehr zu widersprechen.

Wir hatten dann einige Zeit ein schönes Leben.

Fridolin war weiterhin für den Stall zuständig und ich für den Rest. Meine Mädels sind gut gewachsen und konnten schon viel helfen.

Nikohle wurde immer hübscher, sie sah fast schon so aus wie meine Mutter. Wahlburka war auch hübsch und hatte einen schönen langen Hals. Ich weiß auch nicht, wo sie den her hatte.

Fridolin hat irgendwann angefangen, Schnaps selber zu brennen, weil er meinte, den könnten wir ja verkaufen. Mit der Zeit hat er immer mehr probieren müssen, und es war zu wenig zum Verkaufen da.

Natürlich war das meine Schuld, deshalb hatte ich manchmal blaue Flecken und konnte auch manchmal nicht so gut laufen und musste immer im Haus bleiben, wenn jemand auf den Hof kam.

Eigentlich kann man sich schnell an die Schläge gewöhnen. Ist ja auch schlimm, dass ich nichts richtig mache. Es ist einfach meine eigene Schuld.

Eines Tages hat Fridolin dann meine Mädchen verprügelt, weil sie ihm ja auch immer im Weg standen. Das fand ich nicht so gut und habe ihm das auch gesagt. Seine Antwort war ein ordentliches Klatschen – aber kein Applaus! Zum

Doktor habe ich dann gesagt, ich wäre die Treppe herunter-gefallen, er hat auch nicht groß nachgefragt.

Ich bin selbst schuld, was kritisiere ich Fridolin auch?!

Ein paar Tage später bin ich mit Wahlburka und Nikohle in den Wald zum Pilze sammeln gegangen. Wir haben einen ganzen Korb voll gefunden. Nikohle hat so hübsche Pilze gefunden, die sahen aus wie Marienkäfer mit Stiel. Am anderen Tag habe ich eine ganze Pfanne Pilze gemacht. Fridolin bekam natürlich zuerst zu essen, ich wollte ja alles richtig machen. Wir haben erst abgewartet, ob es ihm gut schmeckt.

Als er vom Stuhl gefallen ist, haben wir uns sehr er-schrocken und konnten selber nichts mehr essen. Die rest-lichen Pilze habe ich dann weggetan.

Als Fridolin bis zur Kaffeezeit noch nicht aufgestanden war, habe ich mir doch langsam Sorgen gemacht und den Hausarzt angerufen. Der kam und hat mich seltsam ange-sehen. Auf dem Totenschein von Fridolin war dann Herz-versagen als Grund angegeben.

Ach, was war Fridolin doch eine schöne Leiche, als er gewaschen und im guten Anzug so friedlich im Sarg lag.

Alle haben mich bedauert, dass ich innerhalb von ein paar Jahren zum zweiten Mal Witwe wurde. Aber Fridolin war ja ein paar Jahre älter als ich, das wäre wohl der Grund, mut-maßten so einige. Außerdem hätte er sehr gerne einen – und mehr – getrunken.

XVIII

Nachdem die schöne Beerdigung vorbei war, habe ich überlegt, was ich jetzt mit meinem großen Hof so anfange.

Der Pfarrer kam jetzt wieder öfters und hat gesammelt für das undichte Dach und die kaputte Orgel der Kirche. Leider hat er immer noch nicht genug zusammen, um das Ganze richten zu lassen. Er meinte auch, da ich ja so ein Pech mit den Männern hätte und deshalb vielleicht ins Kloster eintreten wolle. Den Hof könnte er dann für mich verwalten.

Ich habe lange überlegt, aber meine beiden Mädels wollte ich doch aufwachsen sehen, vielleicht sogar eines Tages Enkelkinder. Außerdem fühlte ich mich noch nicht so alt, dass ich ohne Mann bleiben wollte.

Als auch Wahlburka dann zur Schule kam, habe ich mich nach einem neuen Knecht oder auch Mann umgesehen.

Leider sind die Guten ja dünn gesät.

Als unser Tierarzt in Rente ging, kam ein jüngerer an seine Stelle. Der war vielleicht mal hübsch. Ich habe mich vom Fleck weg verliebt. Leider hat er erst kein Interesse gezeigt, aber nachdem ich ihm zum Geburtstag ein Auto geschenkt habe, ist er aufmerksam geworden.

Es war das Auto von meinem geliebten ersten Mann, dem Adalbert. Es hat die ganze Zeit im Stall unter einem Tuch verbracht und sah noch aus wie neu.

Der Tierarzt hat sich sehr gefreut, mich aber gleichzeitig gebeten, das keinem zu erzählen. Na gut, ich habe kein Problem damit.

Eine Zeitlang war der Tierarzt – ich wusste immer noch nicht den Vornamen – gerne bei mir, aber nur in der Zeit von 10.00 Uhr bis 12.00 Uhr, dann kamen die Mädchen von der Schule. Ich habe ihn in der Zeit verwöhnt, ihm immer wieder etwas gekocht und auch mit Kleinigkeiten beschenkt. Da gab es dann mal eine neue Uhr, oder ein schickes Hemd. Auch mal ein neues Handy und ein Laptop.

Nachdem seine Besuche bei mir aber immer spärlicher wurden, habe ich eine Kuh verkauft und meinem Angebeteten das Geld in einem Umschlag zugesteckt und gemeint, er könne sich ja was Schönes dafür kaufen. Ach, hat der sich gefreut und gemeint, wir könnten uns ja mal duzen. Das war für mich der Beweis, dass er mich auch liebte.

Wir haben eine Flasche von meinem guten Schampus aufgemacht und angestoßen. Er hat ganz feierlich gemeint, er heiße Waldemar und ich wäre ja die Ärna.

Leider habe ich den Kuss nicht bekommen, weil er auf einmal Husten musste. Der Arme wird sich doch wohl nicht erkältet haben?

Einige Zeit kam Waldemar dann wieder so ein- bis zweimal die Woche vorbei. Leider wusste ich nicht, wie ich ihn verführen könnte, das hätte ich ja zu gerne gemacht. Waldemar war einfach ein Gentleman. Nicht mal angefasst hat er mich.

Als Waldemar mich lange Zeit nicht besucht hatte, bin ich einfach mal an einem Sonntag an seiner Tierarztpraxis vorbeigelaufen. Ich wusste gar nicht, dass er da auch wohnte. Am Törchen war so ein getöpfertes Schild, da stand drauf: „Hier wohnen Waldemar, Mathilda, Katharina und Kasimir". Das fand ich doch schon ein bisschen seltsam.

Als Waldemar dann das nächste Mal zu mir auf den Hof kam, habe ich ihn gefragt. Er meinte, dass seine Hunde und die Katze so heißen würden. Da war ich aber beruhigt. Er hat sich dann etwas aufgeregt, dass ich ihm wohl misstraue und dass ich nicht mehr bei ihm vorbeilaufen sollte, das wäre gegen sein Prinzip, und dass er keine Verbindung mit der Kundschaft haben wolle. Ich habe ihm hoch und heilig versprochen, nicht mehr an seinem Haus vorbeizulaufen.

Um Waldemar zu besänftigen, habe ich diesmal zwei Kühe verkauft und ihm das Geld geschenkt. Er hat sich dann ganz lieb bei mir bedankt.

Der Pfarrer hat bei seinen Besuchen bei mir erfahren, dass ich zwei Kühe verkauft hatte. Leider war das Geld ja schon weg, sonst hätte ich ihm das für das undichte Dach gegeben. So konnte ich ihm nur ein Schwein schlachten. Das deckt zwar nicht das Dach, aber füllt die Kühltruhe. Der Pfarrer meinte dann aber, dass er das nächste Mal lieber wieder Bargeld hätte.

XIX

So ging das Jahr zu Ende. Trotz der vielen Arbeit hatten Nikohle, Wahlburka und ich ein schönes Leben. Die Kinder haben ab jetzt immer bei mir im Bett geschlafen, und wenn wir nicht aufgepasst haben, ist der Hund auch zu uns gekrabbelt.

Waldemar hat sich nach dem letzten Geldgeschenk leider nicht mehr so oft sehen lassen. Ich glaube, dass er immer noch etwas böse auf mich war, weil ich mal bei ihm vorbeigeschaut habe. Ich bin wirklich doch zu dumm.

Na gut, dann muss ich mich wohl nach einem anderen Mann umsehen.

Als das neue Jahr noch ganz jung war, kam ein Viehhändler auf meinen Hof. Erst wollte er den Bauern sprechen und hat mich rüde an die Seite geschubst. Als ich ihm gesagt habe, dass ich die Witwe wäre und der Hof mir gehört, ist er sehr charmant geworden. Als er dann noch meine beiden Mädels gesehen hat, war er kaum zu halten.

Eigentlich war er so gar nicht mein Fall. Er war etwa einen Kopf kleiner als ich, roch nicht so gut und war rund wie eine Kugel.

Aber er hat mir gleich imponiert, weil er die Mädchen auf seinen Schoß nahm und mit ihnen geredet hat. Außerdem hat er sie laufend in den Arm genommen und lieb gestreichelt.

Welcher Mann interessiert sich denn schon für fremde Kinder? Das fand ich ganz toll und sehr lieb von ihm.

Als die Kinder raus wollten, hat er sich ganz nett bei mir vorgestellt. Er heiße Ottfried und würde mir gerne den Hof machen. Ich fand das lustig, weil ich doch meinen Hof selbst mache?

Jedenfalls ist Ottfried gleich bei uns geblieben. Er ist noch mal in sein Zuhause gefahren und hat seine Sachen geholt. Die Anziehsachen von Adalbert und Fridolin hätten ihm auch nicht gepasst.

Gleich in der ersten Nacht ist er zu uns ins Bett gekommen. Erst hat er den Hund rausgeschmissen und dann fast mich, hätte ich nicht protestiert.

Meine beiden Mädels haben sich dann ganz ans Fußende gelegt, so konnte jetzt Ottfried zu mir rollen. Er hat mich umgedreht und wollte auf mich drauf, ist aber immer wieder runter gekullert. Irgendwann hat er es dann aufgegeben, und ich konnte endlich schlafen.

So ging das ein paar Nächte, bis Ottfried dann ans Fußende rutschte und die Mädels in den Arm genommen hat. Dann war er noch einige Zeit unruhig, aber ich konnte dann schon mal schlafen.

Meine Mädchen haben mir erzählt, dass er wohl nicht mehr ganz dicht wäre, seine Hose wäre immer so feucht vorne rum. Ich habe das nicht so ernst genommen, man weiß ja, was für eine blühende Phantasie Kinder haben.

Ottfried wollte dann auch gleich heiraten, obwohl ich ja nicht für die so schnelle Bindung war. Aber er hat das gleich alles in die Wege geleitet.

Diesmal war es dann eine ganz kleine und ruhige Hochzeit.

Ich hätte fast eifersüchtig werden können, so wie Ottfried mit meinen Mädels rumgeschäkert hat. Ach, ist das nicht schön, wenn mein neuer Partner sich so für meine Mädchen interessiert?

In dieser Hochzeitsnacht hat sich Ottfried dann sehr bemüht und es auch geschafft, mich zu begatten. So dolle war das nicht, aber es erfüllte seinen Zweck.

Kurz darauf habe ich festgestellt, dass schon wieder was Junges unterwegs war. Ottfried hat sich sehr gefreut und gemeint, dass ein weiteres Mädchen ihn voll und ganz befriedigen würde. Das war aber schön, dass Ottfried ein Mädchen wollte, wahrscheinlich kann ich auch nichts anderes.

Als ich festgestellt habe, dass Ottfried jetzt nachts immer zu meinen Mädchen gerückt ist, habe ich mir doch Gedanken gemacht. Irgendwie habe ich die Nähe zu meinem Mann vermisst. Es lag aber bestimmt an mir, weil ich ja einen dicken Bauch bekam. Vielleicht nehme ich ihm einfach zu viel Platz weg?

XX

Ottfried hatte eine komische Angewohnheit. Er hat immer alles Essen noch nachgesalzen. Ich konnte würzen, wie ich wollte, so dass es uns fast schon zu viel war – Ottfried hat nachgesalzen.

Eines Tages bin ich mal in der Scheune auf einen kleinen Eimer mit einer durchgestrichenen Ratte gestoßen. Das sah mir aus wie extra würziges Salz. Ich habe das dann in den Salzstreuer gefüllt.

Ottfried ist krank geworden. Oh je, der Arzt konnte nicht sagen, was er hatte. Er hatte mich zeigen lassen, was ich so koche und auch gefragt, ob wir alle davon essen. Natürlich machen wir das.

Ottfried ist immer dünner geworden und kam fast nicht mehr aus dem Bett. Ich musste ihn immer füttern, natürlich habe ich immer gut nachgesalzen, schließlich tut man doch alles für so einen kranken, lieben Menschen.

Leider ist Ottfried dann verstorben. Gut, er war keine so schöne Leiche wie Adalbert und Fridolin, aber er war von mir sauber gewaschen und gut gekämmt worden.

Der Hausarzt meinte, dass müsste eine ganz schlimme Krankheit gewesen sein, und hat Herzversagen auf den Totenschein geschrieben.

Als der Pfarrer ins Haus kam, um die Beerdigung zu besprechen, hat er mich ganz seltsam angesehen. Er meinte dann, dass ich ja langsam Mengenrabatt bekäme. Das wollte ich natürlich nicht, im Gegenteil, ich war ja ganz traurig, dass ich schon wieder keinen Mann an meiner Seite hatte.

Als der Pfarrer wieder ging, hatte er das Geld für drei verkaufte Kühe in der Tasche. Er meinte, damit würde er jetzt mal überlegen, wie er das Dach wieder dicht bekäme.

Es war eine rundum gelungene Beerdigung. Das erste Mal gingen wir dann zum Leichenschmaus nicht auf meinen Hof, sondern in das Gasthaus, in dem Adalbert so gerne gewesen war.

Es kamen bei mir fast nostalgische Gefühle hoch. Ich habe tatsächlich ein paar Tränen vergossen. Oder waren das die Zwiebel auf den Mettbrötchen?

Jetzt war ich wieder mit meinen Mädels alleine auf dem Hof. Noch keine dreißig Jahre alt und schon dreimal Witwe! Was bin ich doch für ein Pechvogel!

Obwohl meine Mutter immer den Spruch gebracht hat: „Männer halten sich für die Krone der Schöpfung, aber wir Frauen müssen sie tragen. Manchmal zu groß, dann zu klein, oder sie wackelt." Das passte irgendwie, denn ich habe meine passende Krone noch nicht gefunden.

Kurz vor Ende der Schwangerschaft habe ich dann auch noch mein Kind verloren, da war ich sehr traurig. Vielleicht war es einfach besser, da ich ja auch keinen Mann mehr hatte.

XXI

Als dann nach einigen Monaten einmal ein Wandersmann durch unseren Ort zog, war ich gerade auf dem Heimweg von der Kirche. Der Mann hat sich bei mir erkundigt, ob ich für Kost und Logis eine Arbeitsstelle wüsste. Natürlich habe ich ihn gleich auf meinen Hof eingeladen.

Der Mann hat sich dann vorgestellt, er hieß Ferdinand. Die Mädchen haben sich gleich mit ihm angefreundet. Ferdinand hat nicht lange gefackelt und das Zepter bei uns übernommen.

Ich glaube, der arme Mann hatte ein Trauma erlitten. Jeden Pfennig Geld hat er genommen und in einen Umschlag getan und meinte, dass wäre für einen Stein. Ich habe das nicht begriffen. Steine sind doch nicht so wertvoll.

Ferdinand hat nichts über sich erzählt und seine Sachen immer gut versteckt. Durch Zufall – und weil ich Zeit hatte zu suchen – habe ich gelesen, dass Ferdinand krank war. Da war so ein Bericht von einem Arzt, der hat über Männerprobleme geschrieben. Viel habe ich nicht verstanden, nur dass das Wasserlassen und der Verkehr nicht mehr so richtig funktionieren. Jetzt weiß ich immerhin, warum er nicht zu mir ins Bett kam.

Lange ging es nicht gut mit uns. Eines Tages ist Ferdinand der Güllegrube einfach zu nahe gekommen. Man konnte ihn nur noch tot bergen.

Gott sei Dank waren wir nicht verheiratet, sonst hätte es sicher Gerede gegeben.

Den Umschlag mit dem Geld habe ich dann genommen und mir einen schönen Stein gekauft, das war sicher so gemeint von Ferdinand. Ach, was war das für ein schöner Ring. Der Stein darin hatte zwölf Karat.

Natürlich habe ich einen kleinen Teil zum Armenbegräbnis für Ferdinand dazu gegeben, man lässt sich ja nicht lumpen.

XXII

Nach dieser Beerdigung reifte bei mir langsam der Gedanke, dass ich meinen Hof verkaufen sollte und irgendwo ein neues Leben mit meinen Mädchen beginnen sollte. Nikohle und Wahlburka waren mittlerweile fertig mit der Schule und der gleichen Ansicht wie ich.

Also gesagt, getan!

Einen guten Preis hat der Pfarrer für meinen Hof und das Viehzeug herausgeschlagen. Dafür habe ich ihm ein Viertel des Erlöses für sein kaputtes Dach (immer noch nicht repariert) versprochen.

Als wir unsere Sachen packen wollten, haben wir festgestellt, dass wir eigentlich nichts mitnehmen wollten.

Meine Garderobe war ja in Ordnung, die grüne Kittelschürze sah ja noch aus wie neu, die Knöpfe an der Bluse waren zwar vollständig weg, aber das hat mich nicht gestört, denn darüber kam ja die Kittelschürze.

Nikohle und Wahlburka passten noch in die Kleider von vor drei Jahren, ich habe halt den Saum rausgelassen. Die Schuhe waren zwar ein bisschen klein, aber wenn man fest auftrat, konnte man noch gut reinkommen.

Also haben wir uns nur eine schöne Vesper zusammengepackt, in den Zug gesetzt und sind dann Richtung Süddeutschland gefahren. Ach, war das ein Spaß und so aufregend!

Auf Süddeutschland bin ich gekommen, weil ich immer an die Geschichte denken musste, die mein Papa von meiner Geburt erzählt hat. Die Hebamme gibt's wahrscheinlich nicht mehr, aber ich wusste noch, aus welchem Ort sie kam.

Unterwegs haben wir viele nette Leute getroffen. Wenn mir aber nochmal einer erzählt, dass es immer so eng ist in der Bahn, kann ich nur lachen. Wir drei haben immer Platz um uns herum gehabt. Wir konnten ganz in Ruhe unsere Vesper essen und sogar den Knoblauch und die Zwiebeln schneiden.

So sind wir dann nach langer Zugfahrt angekommen. Jetzt wollten wir erst mal ein Hotel suchen.

Als wir vor einem großen Gebäude mit vielen Zimmern standen, hat der Mann am Eingang gemeint, wir sollten doch hereinkommen, sie hätten ganz viele freie Zimmer.

Na gut, die Reklame an dem Haus war auch so schön rot, und lauter Herzchen haben geblinkt. Nikohle, Wahlburka und ich sind dann in einen Raum gekommen, der hat mich an unseren Dorfgasthof erinnert.

Eine Frau kam uns entgegen, die hat mir doch spontan leidgetan. Sie hatte fast keine Kleider am Leibe. Auch die anderen Leute in dem Raum hatten nicht so viel an, obwohl es doch gar nicht so warm war. Außerdem war es ziemlich dunkel hier.

Ich habe die Frau dann nach einem Zimmer gefragt. Erst meinte sie, dass Kinder nicht hier her gehören, aber da habe ich geschimpft. Was ist das für ein Hotel, wo Kinder nicht willkommen sind? Wie kann man nur so kinderfeindlich sein?

Sie hat mich ein bisschen seltsam angesehen, mir dann aber einen Schlüssel in die Hand gedrückt. Komisch war auch, dass das Zimmer nach Stunden abgerechnet werden sollte. Aber das macht ja nichts, Geld hatten wir ja genug.

Ich habe meine Mädels genommen und bin dann die Treppe rauf gegangen. Gemeinsam haben wir unser Zimmer gesucht.

Diese Geräusche aus den übrigen Zimmer kannte ich doch von den Cousinen von Adalbert. Wo sind wir nur hingeraten? Ich glaube, alle Frauen hier hatten genau solche Alpträume, wie ich es von den Besuchen der Cousinen kannte. Ach, war das eine unruhige Nacht. So viel Gestöhne und Getrampel um uns herum.

Am nächsten Morgen sind wir wieder ausgezogen, es war einfach nicht schön in dem Hotel. Wir sind zum Frühstück in so ein Schnellrestaurant gegangen. Das war das erste Mal in unserem Leben. So bunt und laut und voll hier.

Wir kannten uns ja nicht aus und haben erst mal genau aufgepasst, was die anderen machen, vor allem der junge Mann vor uns. Dann habe ich einfach ganz cool dreimal dasselbe wie er bestellt. Wir haben uns ganz wie Damen von Welt gefühlt!

Nach dem Frühstück sind wir durch die Straße gelaufen, bis wir ein Schild gesehen haben, da stand „Makler" drauf. Ich weiß ja nicht, aber haben Makler einen Makel, den sie vermarkten? Jedenfalls gab es da so einen Schaukasten, da wurde eine schöne Wohnung zum Kauf angeboten.

Wir sind dann rein, und ich habe die Wohnung gleich gekauft. Der Makler hat schon etwas gestaunt, als ich meine Tasche aufgemacht habe und ein paar Rollen Banknoten herausgenommen habe. Um Fragen zu umgehen, habe ich gleich gesagt, dass ich Banken nicht unbedingt vertraue.

Der Makler hat dann alles in die Wege geleitet, damit wir gleich am selben Tag in die Wohnung konnten. Er hat sich wirklich ganz lieb um alles gekümmert. Das Geld für seine Dienstleistungen habe ich ihm dann so gegeben.

Ach, die Wohnung war ja schön, nur leider ohne Möbel. Der Makler hat mich dann gleich an seinen Bruder verwiesen, der könnte uns die passenden Möbel besorgen. Das ging auch ganz schnell. Der Bruder meinte, dass Bargeld immer gut wäre.

Ich wusste gar nicht, wie teuer das Leben sein kann!

Jetzt war unsere Wohnung jedenfalls schön eingerichtet. Die Möbel waren zwar teilweise etwas verkratzt oder auch etwas demoliert, aber der Bruder vom Makler meinte dann, dass Deseinermöbel so aussehen müssten, dafür wären sie ja auch etwas teurer als die „normalen" Möbel.

Natürlich war ich stolz, solche Deseinermöbel zu besitzen.

Die Wohnung war in einem Hochhaus, das in der „besseren" Wohngegend lag. So hat sich der Makler ausgedrückt.

XXIII

Nikohle, Wahlburka und ich haben dann eine Einweihungsfeier gemacht.

Dazu haben wir die Nachbarin, den Makler und seinen Bruder eingeladen. Wir kannten ja sonst noch niemanden ...

Der Makler hat dann Brüderschaft mit uns getrunken und Nikohle geküsst. Er hat sich vorgestellt und gesagt, dass er Günni heißt und sein Bruder Wünni. Das waren ja komische Namen.

Als es an der Wohnungstür geklingelt hat, stand die Nachbarin davor. Sie hat gleich gefragt, ob ihre Kinder auch mitkommen dürften. Als ich bejaht habe, hat sie laut gerufen: „Friedrich, Hermann, Werner, Theodor Walter und Friederike, Hermine, Wernerine, Theobalda, Theodora – kommt ihr bitte?"

Mir wurde angst und bange, dass die Wohnung nicht reicht, wenn da zehn Kinder auftauchen. Außerdem sah die Frau doch noch gar nicht so alt aus. Als dann zwei so mickrige, kleine Kinder auftauchten, habe ich es nicht ganz kapiert. Erst als die Nachbarin meinte, dass „bessere" Leute ihren Kindern immer viele Vornamen geben, so wie bei Picasso (der hatte wohl sieben Vornamen), erst dann habe ich es begriffen.

Ach, es war eine schöne Feier.

Ich habe Günni und Wünni eine Rolle Geld gegeben, die haben dann Schaumwein und Chips geholt. Fast zu wenig, aber nochmals wollte ich sie auch nicht losschicken.

Als dann die Nachbarin mit ihren zwei Kindern wieder gegangen ist, sind Günni und Wünni noch geblieben.

Ich bin dann irgendwann in mein Zimmer gegangen. Seltsam, ich glaube meine beiden Mädchen haben doch die Alpträume von ihrem Papa, dem Adalbert – Gott habe ihn selig – geerbt. Die haben ja so gestöhnt in der Nacht, dass ich fast Angst bekam. Gott sei Dank sind Günni und Wünni dageblieben, so konnten sie die beiden Mädchen trösten.

XXIV

Ach das war ja so eine aufregende Zeit. Irgendwie bin ich gar nicht so richtig zum Nachdenken gekommen. Außerdem fehlte mir mein Hof ja doch sehr. Keine Kühe, keinen Hund, den man aus dem Bett schmeißen muss, keine Hühner, keine Katzen, die auf dem Küchentisch spazieren gehen, alles so sauber und fast steril rundherum. Das war ich ja nicht gewohnt.

Gut, jetzt musste ich erstmal Nikohle und Wahlburka eine Ausbildungsstelle besorgen. Es ist besser als Frau, wenn man nicht von einem Mann abhängig sein möchte.

Erst einmal sind wir in einen Einkaufsmarkt gegangen. Da gab es ja viel zu sehen. So viele Anziehsachen, wer braucht die alle? Nikohle und Wahlburka haben dann jede eine Tschiens bekommen, die trägt man ja wohl heute.

Ich habe mir dann auch eine geleistet. Oben herum wollte ich nichts neues. Meine Bluse und die Kittelschürze darüber, mit der ärmellosen Jacke mit Silber drin, das reicht mir. Außerdem habe ich ja noch meinen Hut. So sehe ich einfach richtig schick aus.

Nikohle und Wahlburka bekamen dann ihren ersten BH, das war langsam wichtig, weil sonst der Busen immer so gewackelt hat und die Männer so gestiert haben. Dann haben wir noch zwei Tischörts und zwei Jacken für die Mädels gekauft. Jetzt reicht es aber, soviel Geld für Anziehsachen hatte sonst nur Adalbert ausgegeben.

Wir haben uns dann in das Café im Einkaufmarkt gesetzt und was getrunken. Auf einmal sehen wir doch glatt Günni und Wünni mit Frauen und Kindern vorbeilaufen.

Bevor wir was sagen konnten, haben wir gehört, wie die Frauen ihre Männer mit den Namen Günther und Walter gerufen haben. Seltsam. Und als die Männer uns gesehen haben, sind sie richtig erschrocken. Warum, weiß ich auch nicht.

Irgendwann später habe ich sie nochmal getroffen und sie haben mich gebeten, nicht zu erzählen, dass sie mal auf einem Fest bei uns waren. Ich verstehe zwar nicht warum, aber wenn sie das so wollen ...

Ab und zu treffen wir die beiden mit ihren Familien natürlich trotzdem mal beim Einkaufen und dann machen wir ein bisschen Smooltoog – so nennt man das wohl – aber ich finde das gut: Man weiß ja nie, wann man wen nochmal braucht.

Tatsächlich hatten Nikohle und Wahlburka nach ein paar Tagen in der Stadt eine Ausbildungsstelle gefunden. Nikohle hat eine Lehre als Frisörin angefangen, sie hatte immer schon unsere Haare geschnitten und war auch sonst sehr kreativ veranlagt. Wahlburka hat als Lageristin angefangen zu lernen, denn der Personalchef in der Firma meinte, dass sie mit ihrer Größe und ihrem langen Hals alles sehr gut überblicken kann. Wahlburka hat aber wirklich einen langen Hals. Ich habe mal gehört, wie einer meinte, dass der Vater sicher eine Giraffe wäre. So ein Blödsinn. Obwohl, ich weiß ja nicht, denn ich hatte ein Tuch über dem Kopf ...

Wir haben dann zu dritt in dieser Wohnung gelebt.

Ich hatte bald wieder das Bedürfnis, mir einen Mann zu suchen. Ich war jetzt ja auch schon lange alleine.

XXV

Damit ich auch flexibel bin, habe ich mit dem Führerschein angefangen. Ja gut, ich war schon ein bisschen älter und der Fahrlehrer meinte, es könnte teuer werden, aber ich habe ja genug Geld.

Die Theorieprüfung konnte ich schon nach knapp fünfundsechzig Stunden und fast zwei Jahren ablegen. Ich durfte sogar drei Mal zu Prüfung gehen. Die ersten beiden Male hat der Prüfer nur verzweifelt geguckt und gemeint, ich dürfte noch mal kommen. Vielleicht fand er mich ja so nett. Es wäre mir aber lieber gewesen, wenn wir mal woanders hin ausgegangen wären. Die dritte Prüfung habe ich dann bestanden.

Jetzt durfte ich hinter das Steuer des Fahrschulwagens. Der Fahrlehrer meinte, dass andere schon früher hinters Steuer dürfen, aber er erst einmal die theoretische Prüfung von mir abwarten wollte. Ich weiß auch nicht, warum.

Hurra, ich kann Auto fahren!

Der Fahrlehrer meinte, dass wir dann beim nächsten Mal in den zweiten Gang schalten und etwas schneller als die alte Frau mit dem Rollator fahren könnten.

Ich habe ja nicht gedacht, dass man beim Autofahren auf so vieles achten muss. Mein Fahrlehrer wurde immer ganz blass, wenn ich mich hinters Steuer gesetzt habe. Das verstand ich ja gar nicht.

Ja gut, die ersten beiden Unfälle sind einfach so passiert, ich kann doch da nichts für. Der Baum stand - schwupps - mit einem Mal im Weg.

Das zweite Auto war auch überhaupt nicht solide gebaut. Beim rückwärts Einparken habe ich nur sachte die Mauer gestreift, und schon war der ganze Kofferraum kaputt. Na ja, das Auto war dann auch etwa einen Meter kürzer.

Der Fahrlehrer kann doch nicht böse sein, so hatte er doch laufend ein neues Auto. Jeder andere hätte sich darüber gefreut.

Nach einhundertsiebenundachtzig Fahrstunden und zwei weiteren kleinen Unfällen (der Fahrlehrer hatte nur einmal einen Armbruch) meinte er, jetzt könnte sich der Prüfer vom TÜV gefahrlos in das Auto setzen, welches ich steuere.

Als die erste Prüfung anstand, war ich ganz aufgeregt. Dem Fahrlehrer stand auch der Schweiß auf der Stirn. Süß, wie der mit mir gelitten hat.

Wir fuhren los. Ich habe das Auto nur zweimal abgewürgt, das war doch schon mal ein gutes Zeichen. Der Prüfer meinte schließlich, wir sollten rechts abfahren. Ich habe ganz vorschriftsmäßig über die Schulter geschaut und bin links abgefahren. Der Prüfer meinte dann, dass wohl die Aufregung schuld sei und dass ich das nächste Mal das Blinken nicht vergessen sollte.

Oh Mist, ich muss einfach dran denken. Als ein Kreisverkehr kam, meinte der Prüfer, dass ich links abbiegen soll, das wäre da, wo der Daumen rechts ist. Dieser Scherzkeks.

Ich bin dann links abgefahren und der Prüfer wurde ganz aufgeregt und rief, dass die Prüfung zu Ende sei. Ich habe mich schon gefreut und gedacht, dass ich jetzt den Führerschein bekomme. Nichts war ...

Erst einmal ist der Prüfer ausgestiegen und hat in die Büsche gekotzt. Hat der etwa gestern gefeiert???

Bevor ich mich darüber aufregen konnte, hat der Prüfer gefragt, ob ich weiß, was ein Kreisverkehr ist. Natürlich, ich bin doch nicht dumm. Jedenfalls meinte der Prüfer dann, wenn ein Kreisverkehr käme, müsse man erst in den Kreis nach rechts einfahren, dann um den Kreis herum und dann erst abbiegen.

Ja Gott, dann soll der Mensch nicht sagen, dass ich links abbiegen soll. Das ist doch unnützer Weg, wenn man erst um den Kreis herumfährt.

Gut, ich habe dann noch mal dreißig Fahrstunden gemacht, aber dann hatte ich mir alles richtig in meinen Kopf eingebläut.

Bei der nächsten Prüfung hatte ich Gott sei Dank eine junge Prüferin. Im Nachhinein war ich aber arg geschockt und hätte ja nie gedacht, dass die Frau so streng ist.

Wenn jemand auf dem Zebrastreifen läuft, soll er gefälligst einen Schritt schneller gehen, damit ich nicht bremsen muss. Zur Unterstreichung habe ich langanhaltend gehupt. Leider war damit die zweite Prüfung zu Ende.

Gut, also nochmal zwanzig Fahrstunden (ich habe mich verbessert) und auf zur nächsten Prüfung.

Jetzt hatte ich doch wieder den Prüfer, den ich schon zur ersten Prüfung hatte. Der guckte mich an und wurde ganz blass. Dann hat er sich erst nach langer Diskussion in das Auto gesetzt. Als wir losfuhren, hat er gemeint, ich sollte rechts oder links fahren, wie es mir beliebt.

Ich bin dann links Richtung Kreisverkehr gefahren. Der Prüfer hat sich an den Haltegurt gekrallt und nichts gesagt. Aber ich bin vorschriftsmäßig um den Kreisverkehr herum und links abgebogen. Dann habe ich angehalten.

Der Prüfer hat mir mit zitternden Fingern den Führerschein gegeben und gemeint, er laufe zu Fuß zurück. Ja gut, ist mir auch recht.

Hurra, ich habe meinen Führerschein! Ich verstehe heute noch nicht, warum das so lange gedauert hat.

Ich bin dann los und habe mir ein Auto gekauft. Der Verkäufer hat sofort gesehen, dass ich das größte Auto auf dem Platz brauchte. Er hat sich sehr gefreut, dass ich ihm gleich lauter Geldrollen in die Hand gedrückt habe.

Jetzt hatte ich den Führerschein *und* auch ein Auto!

Es hat mir einfach Spaß gemacht, Auto zu fahren. Man kam damit ja überall hin. Leider sind nicht alle so froh über meine Fahrkünste. Wahlburka und Nikohle sind nicht so gerne mit mir gefahren. Das verstand ich nicht so richtig.

Gut, einmal habe ich beim Überholen eines Radlers dem jungen Mann auf den Hintern gehauen (der war ja auch einfach zu knackig). Der Mann ist nach dem Schreck in ein Brennnesselfeld gefallen und hat mich hinterher bei der Polizei angezeigt. Bei der anschließenden Verhandlung hat der Richter dann so lachen müssen, dass er vom Stuhl gefallen ist und sich den Ellenbogen angeschlagen hat. Das war mein Glück, denn er hat mich nur verwarnt, weil er sich noch nie „so köstlich amüsiert" hätte. Das verstehe ich nicht!!!

Ein anderes Mal war ich ganz früh unterwegs und habe mich gefreut, dass ich das Auto mal so richtig ausfahren konnte. Mein Pech war, dass da ein Blitzer stand. Ein paar hundert Meter weiter stand dann die Polizei und hat mich angehalten. So ein Jungspund wollte dann wissen, ob ich wüsste, was ich verkehrt gemacht habe. Ja meint dieser Mensch denn, dass ich schon senil bin und das nicht weiß? Aber nur nichts zugeben, also habe ich erst mal nichts gesagt. Da meinte er dann, dass ich wohl einiges zu schnell gewesen wäre. Als der junge Polizist dann sagte, dass ich jetzt wohl vier Wochen den Bus nehmen dürfte, war ich doch sehr erstaunt. Als ich ihm geantwortet habe, dass ich dafür doch keinen Führerschein hätte, hat er etwas an mir geschnüffelt. Ja, meint der denn, dass ich schon am frühen Morgen Alkohol trinken würde? Ist doch schon manchmal seltsam mit den jungen Leuten.

Gut, nachdem ich dann vier Wochen nicht hinters Steuer durfte, habe ich versucht, regelkonform zu fahren.

XXVI

Da mir die Stadt nicht so gut gefiel und es hier auch immer so eng ist (das Einparken klappt nicht so gut), habe ich halt mehr Ausflüge Richtung Land gemacht.

Eines Tages hat mein Auto mal wieder gestreikt. Ich hatte leider vergessen zu tanken, das passierte mir halt öfters.

Ich bin dann losgelaufen und stand auf einmal vor einem großen Hoftor. Ein bisschen neugierig bin ich durch das Tor geschlüpft und habe mich umgesehen. So ein schönes Bauernhaus mit so vielen Ställen drumherum hatte ich ja noch nie gesehen! Ich habe mir alles in Ruhe angesehen und dann angefangen zu träumen. Ach, wäre das schön, wenn ich hier wohnen könnte!

Als ich zum Vordereingang des Haupthauses kam, ging die Tür auf und heraus trat ein Bild von einem Mann in meinem Alter. Er guckte mich an und fragte dann, was ich hier suchen würde. Erst habe ich vor lauter Schreck und Schockverliebtheit keinen Ton herausgebracht. Dann habe ich gestottert, dass ich Ärna heiße und eine Panne mit dem Auto gehabt hätte und dann, als ich eine Tankstelle gesucht habe, auf diesen wunderschönen Hof gestoßen wäre.

Dieser Traumprinz von einem Mann hat dann gemeint, dass er Adolfus heißt und der Besitzer wäre. Er hat dann noch einiges weiter erzählt, aber ich habe ihn eigentlich nur mit offenem Mund angestarrt.

Kurze Zeit später saßen wir beide in der guten Stube und haben Kaffee getrunken.

Als Adolfus mich dann gefragt hat, wo ich herkomme, habe ich eigentlich nur erzählt, dass ich einen großen Hof hatte, der jetzt verkauft wurde. Dann habe ich noch von meinen beiden Mädels erzählt, die jetzt beide einen Ausbildungsberuf in der Stadt hätten.

Adolfus hat nicht lange gezögert und mich gleich gefragt, ob so eine tolle, attraktive Frau wie ich noch alleine wäre. Ich habe dann was von gescheiterten Beziehungen und so erzählt, aber da hat er eigentlich gar nicht mehr hingehört.

Irgendwann kam dann das Gespräch auf den Hof und dass er doch schon ziemlich marode wäre und es ganz viel Geld kosten würde, ihn instand zu setzen. Spontan habe ich gemeint, dass bei mir Geld keine Rolle spielen würde. Adolfus hat mir dann ganz tief in die Augen gesehen, mir wurde dabei ganz schwummrig.

Dann meinte er, ob ich schon mal was von Liebe auf den ersten Blick gehört hätte. Ach, was war ich aufgeregt und nervös!

Adolfus hat mir seine Hand gereicht und ich bin wie traumwandlerisch mit ihm ins Obergeschoss gegangen.

Ja gut, die Betten hätte er schon beziehen können, es lag auch viel Dreck und Staub herum, aber das hat mich im Moment nicht groß gestört.

Ich war ja so nervös, weil Adolfus mich langsam entkleidet wollte. Jetzt heißt es ‚Bauch einziehen' – wenn es damit nur getan wäre … Leider habe ich ja auch schon einige Jahre und noch mehr Kilos auf der Waage. Zwar habe ich gerade ein Kilo abgenommen, aber das ist bei meinem Gewicht gerade so viel wie hundert Euro Nachlass beim Ferrari.

Ich habe ganz schnell meine Sachen abgeschmissen und bin unter die Bettdecke gehuscht. Erst habe ich gar nicht gemerkt, dass ich noch immer meinen Hut aufhatte und die Handtasche umklammert hielt.

Adolfus ist dann in dem Raum herumgetänzelt und hat sich zentimeterweise ausgezogen. Irgendwie sah es schon fast albern aus. Endlich kam er dann unter die Bettdecke. Er hat die Augen zugekniffen und sich auf mich gelegt.

Ach, es war einfach schön, endlich wieder einen behaarten Mann im Bett zu haben!. Irgendwie war das Ganze dann wie bei meinen anderen Männern. Na gut, zur Ehrenrettung sei gesagt, bei Adolfus hat das fast vier Minuten gedauert.

Als er dann herunter gerollt ist, hat er sogar ganz lieb gefragt, ob er gut war. Da habe ich fast Tränen in die Augen bekommen, so lieb war noch keiner vor ihm.

Adolfus hat sich dann wieder angezogen, weil es ja noch heller Tag war – nicht, dass jemand kommt und uns im Bett erwischt. Der ist ja wirklich rücksichtsvoll.

Wir haben dann – natürlich wieder angezogen – in der guten Stube noch einen Likör zusammen getrunken. Adolfus hat mich ganz lieb gebeten, doch bald wiederzukommen. Er bat mich, dass wir in Kontakt bleiben könnten, und ich gab ihm – ich habe ja seit neuestem ein Händie – ganz selig meine Nummer.

Als er mir dann noch einen vollen Benzinkanister in die Hand drückte, bin ich wie auf Wolken nach Hause gefahren. Meine Mädels waren auch schon da und hatten sich gewundert, weil ich noch nicht zu Hause war.

Natürlich habe ich ihnen gleich von meiner neuen Bekanntschaft berichtet, selbstverständlich nicht alles ... Die Lady genießt und schweigt ...

Nikohle und Wahlburka haben sich wirklich ganz dolle mit mir gefreut. Was habe ich doch für nette Töchter!

Ein paar Tage später habe ich mich wieder auf den Weg gemacht und wollte Adolfus überraschen. Ich hatte ganz groß eingekauft und mich echt nicht lumpen lassen. Schampus, Kaviar – keine Ahnung, was das ist, aber irre teuer – und ganz viele (teure) Kleinigkeiten. Der Verkäufer in dem Feinkostladen hat ganz große Augen gekriegt, als ich das alles so einfach bar bezahlt habe.

Auf dem Weg zu Adolfus hatte ich erst noch überlegt, ihn anzurufen. Aber ich konnte mit dem neuen Händie noch nicht so richtig umgehen und entschied, dass ein Überraschungsbesuch bestimmt noch toller wäre.

Als ich bei Adolfus vor dem Tor stand, habe ich mein Auto versteckt, meine ganzen Taschen geschultert und bin leise auf die Haustüre zugegangen. Hätte ich das doch bleiben lassen!

Die Haustüre stand einen Spalt offen und ich habe Adolfus telefonieren gehört. Ich wollte leise sein und ihn nicht stören, also habe ich zugehört.

Ich glaube, sein Telefonpartner war eine Frau. Ich hörte, wie er säuselte, dass das mit der dicken Kuh (wer ist hier gemeint?) doch nur deswegen wäre, weil ihm das Geld ausgehen würde. Natürlich würde er nur *sie* lieben. Er wolle sich halt mit der Alten (?) einlassen, bis er ihr das ganze Geld aus der Tasche gezogen habe.

Bin ICH gemeint????? Natürlich, jetzt begreife ich das ...

Ich war total geschockt! Auf der Stelle bin ich umgedreht und wieder gegangen. Im Auto wurde ich dann so langsam wütend. Gut, dass mir keiner entgegenkam.

XXVII

Zu Hause waren Nikohle und Wahlburka, die beide schon Feierabend hatten. Nachdem ich den beiden erzählt hatte, wie Adolfus über mich geredet hat, haben wir alle drei überlegt, wie wir ihn strafen könnten. Sie waren genauso wütend wie ich!

Aber zuerst haben wir es uns gut gehen lassen. Wir haben alles gegessen und getrunken, was ich teuer eingekauft hatte. Und dann haben wir üble Pläne geschmiedet!

Oh, hatten wir alle einen in der Birne....

Am anderen Tag – nach fünf Tassen Kaffee und zwei Kopfschmerztabletten – bin ich in die einzige Bank hier vor Ort gegangen. Erst wollte mich der Filialleiter nicht empfangen, aber nachdem ich meinen Sack aufgemacht und ihm die ganzen Geldbündel gezeigt habe, hatte er doch plötzlich Zeit für mich.

Als erstes hatte ich ihm in Aussicht gestellt, dass ich demnächst Kunde in seiner Bank werden wolle.

Dann habe ich ihn gefragt, ob er den Hof von Adolfus kennen würde. Der Banker hat zuerst so rumgedruckst, von wegen Datenschutz und so, aber dann hat er das doch bejaht.

Ich habe dann erst mal eine Rolle Bargeld vor den Banker gestellt und ihm erklärt, dass ich diesen Hof gerne hätte, ohne dass Adolfus was von mir erfahren sollte. Dann habe ich gesagt, dass diese Rolle Bargeld und noch zwei weitere ihm ganz alleine gehören würde, wenn er das schnellstens erledigen könnte.

Der Banker hat ganz große Augen bekommen. Da kommt doch so eine Dame mit Tschiens, Bluse, grüner Kittelschürze, Silberjacke, Hut und Tasche und verlangt *so etwas* von ihm. Aber das viele Geld hat ihn schnell überzeugt.

Nachdem der Bänker und ich ausgemacht hatten, dass das Ganze nicht länger als vier Wochen dauern dürfte – sonst würde für jede weitere Woche ein Geldbündel verschwinden und nach weiteren drei Wochen wäre das komplette Geschäft geplatzt – bin ich nach Hause.

Jetzt heißt es: Abwarten!

Auf einmal klingelte mein Händie – es war Adolfus! Er wollte mich einladen, zu ihm zu kommen, er habe Sehnsucht nach mir!!!! Zuerst habe ich mich richtig gefreut – aber dann kam mir wieder in den Sinn, was er zu der anderen gesagt hatte.

Darum habe ich ihm erklärt, dass ich gerade keine Zeit hätte. Außerdem wolle ich mir erst mal sicher sein, ob die Gefühle für ihn echt wären. Ach, habe ich ihm die Ohren vollgesülzt....

Adolfus hat dann noch so zweimal am Tag angerufen, und seine Stimme wurde immer verzweifelter. Ich habe mich aber nicht überreden lassen, ihn zu besuchen.

Bei unserem letzten Telefonat hat Adolfus dann nach vielen Liebesschwüren und Sehnsuchtsanfällen endlich mit der Sprache herausgerückt. Er fragte mich nach einem Kredit. Ha, habe ich ihn so weit...

Ich habe Adolfus dann erklärt, dass ich gerade nicht so überblicken kann, wie meine finanzielle Situation aussähe, da ich ein größeres Projekt in Aussicht hätte. Er hat dann ganz verzweifelt gefragt, ob ich ihn denn nicht lieben würde.

Ich habe ihn dann erstmal um Bedenkzeit gebeten und würde mich in ein paar Tagen melden – dann habe ich aufgelegt.

Der Filialleiter der Bank hat einen Tag später angerufen, weil er Neuigkeiten hatte. Ich bin gleich hingesaust, da konnte mich nicht mal eine rote Ampel aufhalten.

Der Bankmensch hat ausgesehen wie eine Katze, die den Sahnetopf ausgeschleckt hat. Er war ganz stolz, dass er mir schon nach drei Wochen den Kaufvertrag für das Anwesen von Adolfus vorlegen konnte. *Fast* hätte ich ein schlechtes Gewissen bekommen, aber nur fast....

XXVIII

Hurra, ich bin die neue Besitzerin des schönen großen Hofes!

Der Filialleiter hatte bereits alles soweit in die Wege geleitet und mich dann ganz erwartungsvoll angesehen.

Natürlich hat er seine drei Rollen Geld bekommen und für die schnelle Abwicklung noch eine vierte. Außerdem – wer weiß, ob man ihn nicht noch mal braucht???

Nikohle, Wahlburka und ich haben uns dann am Sonntag auf den Weg gemacht und sind zu Adolfus gefahren.

Als wir dann zur Haustüre kamen, ging diese auf und eine Frau stürzte heraus. Sie hat noch was gerufen, so in etwa: „Ich will nichts mehr mit dir zu tun haben! Das kann ja auch nicht immer klappen, so viele blöde Alte gibt es ja gar nicht, die du abzocken kannst!" Sie wird ja nicht mich gemeint haben?

Adolfus kam ihr hinterher und hat dann uns gesehen. Da wurde er ganz blass. Ich habe gar nicht viel gesagt, sondern ihm gleich den Kaufvertrag unter die Nase gehalten, und Nikohle hat gemeint, er solle sofort gehen, wir wollten einziehen.

Ach, der arme Mann. Viel blasser ging ja eigentlich gar nicht mehr. Er hat dann gebeten, dass er noch ein paar Tage Aufschub bekäme, da er sich anderweitig orientieren müsse.

Gut, wir sind ja nicht so.

Da ich alles gekauft hatte, haben Nikohle und Wahlburka noch Fotos gemacht, damit er nicht noch was wegschaffen konnte.

Als wir dann am nächsten Sonntag wieder auf den Hof gefahren sind, stand ein teuer aussehendes Auto vor der Tür. Die Haustüre ging dann auf und heraus trat eine sehr alte Frau, behangen mit ganz viel Schmuck und ganz stolz am Arm von Adolfus. Sie hat ihn im barschen Befehlston herumgescheucht. Jeder liegt halt so, wie er sich gebettet hat.

Die Frau und Adolfus haben uns keines Blickes gewürdigt und sind dann vom Hof gerauscht.

Endlich bin ich wieder da, wo ich eigentlich hingehöre: auf einem Hof.

XXIX

Nachdem Nikohle, Wahlburka und ich erst einmal durchgecheckt hatten, was denn alles so im Argen lag, haben wir eine Aufstellung gemacht, was zu tun ist: Erst einmal alles entrümpeln, dann die Ställe wieder herrichten, dann das Haus renovieren und die Felder beackern. Außerdem wollten wir einen Hofverwalter einstellen.

Nikohle war Gott sei Dank mit ihrer Lehre fertig und ist gleich mit ihrem Freund mit auf den Hof gezogen. Der Freund war zwar nicht die hellste Kerze auf dem Kuchen, aber stark war er.

Wahlburka ist in der Wohnung in der Stadt geblieben und nur am Wochenende heraus gekommen und hat dann geholfen. Leider hat sie keinen Freund. Das ist vielleicht deshalb so schwierig, weil sie so groß ist und so einen langen Hals hat. Seltsam, wo sie den nur her hat???

Bei der Renovierung des Hauses hat sich herausgestellt, dass die Möbel eigentlich wertvolle Antiquitäten waren. Wenn das Adolfus wüsste, würde er sich vor Wut in den Hintern beißen.

Das ganze Vieh hatte er verkauft gehabt, und die Felder waren in einem sehr schlechten Zustand. Darum hatten wir viel zu tun, bis aus diesem heruntergewirtschafteten Hof ein Schmuckstück wurde.

So ging ein Jahr ins Land. Bisher konnten wir die Arbeit alleine erledigen, aber jetzt suchten wir Hilfe. Ich habe im Supermarkt einen Aushang gemacht und zusätzlich eine Anzeige geschaltet: „Hofverwalter gesucht". Das brachte aber keinen geeigneten Bewerber.

Leider tat sich bei mir in Punkto Männer auch nicht viel. Ab und zu hat sich mal ein Viehhändler auf unserem Hof blicken lassen. Der Tierarzt war auch ganz nett, aber nicht mein Fall. Die Verkäufer der verschiedenen Firmen waren auch meistens zu jung.

Eines Tages aber......

Es klingelte schon ganz früh an der Haustüre. Bevor ich meine grüne Kittelschürze ganz zumachen konnte, hatte Nikohle schon die Türe aufgemacht. Ich musste mich erst einmal setzen.

So ein Mann....... Mein Herz holperte, mein Blutdruck schnellte in die Höhe, die Finger zitterten und der Sabber lief mir aus dem Mund. Schnell abputzen und was sagen ... Aber was???

Bevor ich dann was gestammelt habe, hat sich der Mann vorgestellt. Er hieße Otto und suche eine Stelle als Hof- verwalter.

Gott sei Dank war Nikohle so schlau und hat schnell die Gesprächsführung übernommen. Otto war zwar schon was älter, hatte aber Ahnung von Landwirtschaft. So wurde er eingestellt.

Die Zusammenarbeit mit Otto war von meiner Seite etwas schwierig, weil ich ihn am liebsten angesprungen hätte. Ich musste mich so beherrschen.

Otto stellte sich als wahre Perle heraus. Der hatte richtig Ahnung von der Land- und Hofwirtschaft. Unter seiner Regie haben wir die Ställe wieder mit Leben gefüllt. Es hat richtig Spaß gemacht zuzusehen, wie alles gut wurde.

Das Haus hatten wir dann auch umgebaut und drei fast gleich große Wohnungen daraus gemacht. Eine für mich, eine für Nikohle mit ihrem Freund und eine für Wahlburka.

Das Leben hätte nicht besser sein können, wenn mir nicht ein Mann an meiner Seite gefehlt hätte.

Als alles richtig lief, haben wir ein großes Fest veranstaltet. Wir haben alle eingeladen: Adolfus, Günni und Wünni mit ihren Familien, meinen Fahrlehrer, die TÜV-Prüfer, den Fahrradfahrer (kam extra in dem sexy Outfit), den Richter und den Banker. Es war ein rauschendes Fest.

Gegen Morgen waren nur noch Otto und ich übrig. Wir hatten zwar auch gebechert, aber nicht so viel. Als dann so langsam die Sonne aufging, waren wir beide so romantisch, dass wir uns in den Armen gelegen und geküsst haben.

Ach, war das schön. Ich habe dann gleich die Situation ausgenützt und ihm einen Heiratsantrag gemacht. Erst hat er ganz erschrocken geguckt, dann überlegt und dann eingewilligt.

Ich war die glücklichste Frau der Welt!

XXX

Ein paar Wochen später haben wir dann in kleinem Kreis geheiratet. Otto hatte mich nicht nach meinem Vorleben gefragt, und ich fragte ihn nicht nach seinem.

Mein Leben war jetzt so schön. Ich durfte bei Otto im Bett schlafen, wir haben zusammen gegessen, wir sind sogar zusammen in die Ferien gefahren.

Wenn Freunde kamen (mittlerweile zählten wir Adolfus, Günni, Wünni, den Fahrlehrer, den Fahrradfahrer, den Richter und die TÜV-Prüfer dazu), durfte ich dabei sitzen, und Otto ist sogar schon mal aufgestanden und hat sich sein Bier selbst geholt.

Manchmal haben Otto und ich uns geneckt.

Ich hatte noch kein Nawigatonsgerät (oder so ähnlich) im Auto, und Otto hat mir mal eine Karte gebracht, weil ich in den Nachbarort fahren wollte. Ich habe einen ganzen Tag gebraucht, bis ich festgestellt hatte, dass das keine Karte, sondern ein Schnittmuster war. Ach, was hat er doch gelacht.

Wenn ich mal was zum Lachen brauchte, habe ich unsere Katze in den Keller gesperrt. Wenn Otto dann in den Keller ging, ist er über die Katze gestolpert und die Kellertreppe hinuntergefallen.

Wir hatten auch einen Hund aus dem Tierheim geholt. Zum Spaß habe ich ihn und Otto mal in den Kofferraum des

Autos gesperrt. Nach ner halben Stunde habe ich dann wieder aufgesperrt. Raten Sie mal, sofort wer aus dem Auto gesprungen ist, sich am meisten gefreut hat und mit dem Schwanz gewedelt hat???

Einmal hat Otto eine Bohle über der Güllegrube angesägt und ich bin hineingefallen. Puh, war das stinkig, aber auch lustig.

Dafür habe ich mal die Leiter angesägt, und er ist herunter gerattert, da habe ich auf der Erde gelegen und gelacht.

Tja, so ist das schöne Leben jetzt. Wir spielen uns Streiche und können miteinander darüber lachen. Das Miteinander ist doch so wichtig!!!

Meine Mutter hatte immer den Spruch: „Männer halten sich für die Krone der Schöpfung, aber wir Frauen müssen sie tragen. Manchmal zu groß, dann zu klein, oder sie wackelt."

Das stimmt doch irgendwie und ich glaube, ich habe meine passende Krone gefunden!

FSC
www.fsc.org
MIX
Papier | Fördert
gute Waldnutzung
FSC® C083411

Zeitfracht Medien GmbH
Ferdinand-Jühlke-Straße 7
99095 Erfurt, Deutschland
produktsicherheit@kolibri360.de